SERGIO Y. VAI À AMÉRICA

ALEXANDRE VIDAL PORTO

Sergio Y. vai à América

2ª reimpressão

Copyright © 2014 by Alexandre Vidal Porto

Grafia atualizada segundo o Acordo Ortográfico da Língua Portuguesa de 1990, que entrou em vigor no Brasil em 2009.

Capa
Alceu Chiesorin Nunes

Foto de capa
Jon Hicks/ Corbis/ Latinstock

Preparação
Mariana Delfini

Revisão
Valquíria Della Pozza
Luciane Helena Gomide

Os personagens e as situações desta obra são reais apenas no universo da ficção; não se referem a pessoas e fatos concretos, e não emitem opinião sobre eles.

Dados Internacionais de Catalogação na Publicação (CIP)
(Câmara Brasileira do Livro, SP, Brasil)

> Porto, Alexandre Vidal
> Sergio Y. vai à América / Alexandre Vidal Porto. — 1ª ed. —
> São Paulo : Companhia das Letras, 2014.
>
> ISBN 978-85-359-2421-3
>
> 1. Ficção brasileira I. Título.

14-01798   CDD-869.93

Índice para catálogo sistemático:
1. Ficção : Literatura brasileira 869.93

[2022]
Todos os direitos desta edição reservados à
EDITORA SCHWARCZ S.A.
Rua Bandeira Paulista, 702, cj. 32
04532-002 — São Paulo — SP
Telefone: (11) 3707-3500
www.companhiadasletras.com.br
www.blogdacompanhia.com.br
facebook.com/companhiadasletras
instagram.com/companhiadasletras
twitter.com/cialetras

Para Michael B.

What is it then between us?
What is the count of the scores or hundreds of years between us?
Walt Whitman, *Crossing Brooklyn Ferry*

E conforme tu sentiste tudo, sinto tudo, e cá estamos de mãos dadas,
De mãos dadas, Walt, de mãos dadas, dançando o universo na alma.
Fernando Pessoa, *Saudação a Walt Whitman*

Tudo o que você precisa saber sobre mim

*For our vanity is such that we hold our own characters immutable and we are slow to acknowledge that they have changed, even for the better.**

E.M. Forster

Como falarei da vida alheia, é justo que também fale da minha.

Meu nome é Armando. No mês passado, completei setenta anos. Em geral, pensam que sou mais velho. Durante toda a minha vida foi assim. É o que espero quando conheço alguém. Aparento ter mais idade do que tenho. Mas esta velhice aparente precoce é comum entre os psiquiatras. Absorvemos os problemas dos pacientes. Envelhecemos por eles.

Sou um dos melhores médicos desta cidade. Sei que soa

---

* Nossa vaidade é tanta que mantemos nossos próprios personagens imutáveis, e nós somos lentos para reconhecer que eles mudaram, até mesmo para melhor.

imodesto apresentar-me nesses termos, mas é como se referem a mim quando comentam o meu trabalho. Orgulho-me do reconhecimento que me concedem. Sou vaidoso, mas isso não me incomoda. Sempre achei a modéstia uma qualidade superestimada.

Tenho consciência de que a vaidade pode ser traiçoeira. Acho, porém, que, na minha vida, ela desempenhou um papel construtivo. A vaidade me impediu de admitir grandes alterações no ritmo natural de minhas vontades. Como profissional, escolhi não fazer concessões. Explorei minha especialidade como quis. Podia não ter dado certo. Felizmente deu.

Meu pai também foi médico. Quando eu era criança, gostava de vê-lo entrar no carro de manhã para ir ao hospital. Na minha concepção infantil, saber que ele era médico eliminava qualquer possibilidade de morte ou de dor para mim ou para a minha família. Dava-me segurança. Quando encontrávamos pessoas que o conheciam, eu me orgulhava do respeito e da deferência com que o tratavam.

Queria ser médico como ele. Cresci idolatrando-o. Meu pai morreu em um acidente de trânsito estúpido, aos quarenta e oito anos de idade. Eu tinha acabado de completar dezesseis. Depois de sua morte, minha convicção de querer ser médico tornou-se mais firme e profunda.

Foi o que eu fiz.

Em 1967, formei-me na quinquagésima turma da Faculdade de Medicina da Universidade de São Paulo. Desde o primeiro ano, fui o melhor aluno de minha classe. Fiz residência médica nos Estados Unidos e voltei ao Brasil para fazer meu doutoramento. Depois disso, prestei concurso para docência. Comecei como professor-associado de psicologia médica. Aposentei-me como professor catedrático de psiquiatria.

Além dos compromissos acadêmicos, mantive sempre um

número variável de pacientes em psicoterapia. Ao longo de minha carreira, obtive bons resultados. Acho que ajudei algumas pessoas.

Meu pai, Miguel, foi o primeiro namorado de minha mãe, Ondina. Ela enviuvou aos quarenta e cinco anos e não voltou a se casar. Morreu com um ano a menos que a idade que eu tenho hoje. Do tempo em que ficou viúva até a minha formatura na faculdade, não houve um dia em que tenha deixado de ver as irmãs, Alba e Yeda, que moravam juntas em uma casa antiga no bairro de Moema.

Às onze e meia da manhã, seu Joel, o motorista, a levava à casa de minhas tias na alameda Jauaperi. Almoçavam juntas as três. Depois, sentavam-se no sofá, em frente à televisão. Tomavam uma xícara de café e assistiam ao *Jornal Hoje* e ao filme da *Sessão da Tarde*, qualquer que fosse, diariamente.

Por volta das quatro e meia, dona Maria José, a empregada, lhes servia mais café, com uma fatia de bolo, biscoitos ou o que houvesse de gostoso na cozinha. Às vezes, em lugar de ficarem em casa, saíam para o shopping center ou para alguma consulta médica. Seu Joel as levava. Sentavam-se juntas no banco de trás do carro.

Quando fui a Nova York fazer residência, minha mãe se mudou temporariamente para a casa das irmãs. Nunca mais saiu de lá. Ondina, Alba e Yeda viveram juntas na alameda Jauaperi até morrerem.

Foram-se como aves, no espaço de dez meses. A primeira a falecer foi Alba, atropelada por um motoboy enquanto tentava pegar um táxi na saída da agência bancária onde recebia a aposentadoria. Morreu em janeiro. A segunda foi minha mãe, que havia sido diagnosticada com câncer no pâncreas no final do ano anterior. Partiu em maio. Yeda foi a última. Sofreu um derrame durante a noite e jamais acordou para ver o dia 19 de agosto.

Eu também sou viúvo. Minha mulher, Heloísa, morreu faz quase sete anos. Depois de sua morte, o que senti de mais concreto foi alívio. Doía vê-la definhando, aos poucos, no hospital. Para me proteger da dor, cerca de um mês antes de sua morte real, desenganei-a dentro de mim. Matei-a antes que ela morresse. Mas estive a seu lado todo o tempo, até que o coração finalmente parasse de bater.

Já superei a perda de Heloísa. Levo uma vida normal e satisfatória. Não me sinto sozinho. Mas falar do meu estado de viuvez ainda me incomoda. Não porque isso me sensibilize ou cause tristeza. É justamente o contrário. Acho que deveria me sensibilizar mais do que me sensibilizo. É isso o que me perturba.

Tive um casamento feliz, que durou trinta e sete anos. O casamento continua a ser feliz na foto sobre a cômoda no quarto que dividíamos. A existência da minha mulher nos limites daquele porta-retratos me basta. Não preciso de mais.

Posso parecer frio, desprezível até, mas exponho meus sentimentos dessa forma para reforçar minha alegação de sinceridade e boa-fé ao escrever este relato.

Heloísa e eu tivemos uma única filha, Mariana, que é adulta e vive em Chicago. Casou-se com um americano que conheceu quando fazia mestrado. Ainda não tenho netos.

Desde que Mariana saiu de casa para estudar fora, quatro anos depois que a mãe morreu, vivo sozinho em um apartamento de quatro quartos na rua Ceará, em Higienópolis, na cidade de São Paulo, no mesmo lugar em que, outrora, morávamos os três.

* * *

Com minhas obrigações conjugais terminadas e as paternais arrefecidas, os pacientes passaram a ocupar um espaço maior na minha vida. Hoje, não sei o que faria sem eles. Se todos desaparecessem, dizimados por alguma praga, digamos, provavelmente arranjaria coisas para fazer. Não morreria de tédio. Mas a verdade é que preciso definir o que farei quando já não tiver a quem tratar.

O mais natural seria que me mudasse para a casa da praia, que é onde a maior parte dos meus livros está. No entanto, sei que, enquanto tiver pacientes em São Paulo, ficarei por aqui, porque nada na vida me dará mais prazer. Quando minha mãe se queixava de que meu pai atendia a gente demais, ele respondia: "Médico sem paciente é ninguém". Concordo com ele.

É nos pacientes que encontro a matéria-prima da minha realização no mundo. Cuido deles da melhor maneira possível. Envolvo-me com seus casos. Por cada um deles, leio, reflito, dou de mim. Procuro entender o que os aflige. Pondero longamente. Sou meticuloso. Demoro a tirar conclusões.

Se eu permitisse, minha vida seria invadida e tomada por questões pessoais que não me pertencem. E eu pareceria ainda mais velho. Para me preservar, tenho hoje apenas cinco pacientes. Atendo cada um em um dia da semana, de segunda à sexta. Assim, organizo o meu tempo de forma mais produtiva.

Como terapeuta, costumava tomar notas minuciosas de cada uma das sessões que fazia. Porém, desde que diagnosticaram um início de artrite na minha mão direita, esse hábito mudou. No Natal de 2003, ganhei da minha filha um gravador digital, desses que não precisam de fitas. Depois disso, comecei a fazer apenas anotações genéricas e a gravar discretamente as sessões, para posterior consulta.

Passei a reescrever minhas notas com tranquilidade, depois das sessões. Essa mudança deu mais consistência ao meu trabalho analítico. Podia repetir a gravação quantas vezes quisesse. Podia escutar as pausas, os silêncios, perceber as mudanças de ritmo na respiração. Ganhei elementos de análise que o método anterior de anotação não conseguia me dar.

Todas as vezes que um caso clínico deixou de instigar meu interesse, procurei dispensá-lo quanto antes. Sempre que fiz isso, a lógica a que obedeci foi mais ou menos a seguinte: não quero dedicar meu tempo a este paciente, portanto ele não precisa de mim. Estará melhor em outras mãos.

Houve vezes, no entanto, em que o caso clínico que tinha diante de mim me interessava de forma genuína, e eu, por razões que fugiam ao meu controle, não consegui despertar o interesse do paciente para o tratamento. Quando isso acontecia, o dispensado era eu.

Sempre que um paciente me abandonou, senti uma infelicidade profunda: infantil e injustificável. Algo semelhante à impotência que sente uma criança ao descobrir que seu brinquedo favorito foi quebrado por outra criança mais nova, sem que nada se possa fazer a respeito.

Nos casos em que me interessei pelo caso clínico e o paciente se interessou pela terapia, em algum momento do tratamento, invariavelmente, fiquei obcecado. Minhas obsessões se mantiveram pelo tempo que resistiu o mistério para mim. Duraram enquanto o caso me deixou perdido, procurando entendê-lo.

Algumas obsessões foram superadas facilmente. Outras, porém, perseguiram-me por anos a fio, mesmo depois que se encerrou a relação terapêutica. Acho que foi isso que aconteceu com Sergio Y.

Com ele, aprendi que alguns pacientes percebem antes do médico o ponto ótimo do tratamento — a hora de parar, a partir da qual os rendimentos se tornam decrescentes. Foi com Sergio que descobri a importância da humildade.

Nunca consegui entender, porém, se nesta história que vou contar alguém chegou de fato a abandonar alguém.

Quero deixar claro que não gostaria, a esta altura da vida, de expor a intimidade de uma pessoa que confiou sua privacidade a mim. No entanto, se comento esse caso clínico e, de alguma maneira, falto com meu juramento profissional, é pela mais meritória das razões.

Meus olhos não foram cegos. Minha língua não calou aos segredos que me foram revelados. Eu sei. Mas tenho princípios. Minha intenção, ao contar esta história, nada tem de nocivo. Quero tornar-me um médico melhor e um ser humano mais íntegro. Quero apenas aprender.

O paciente sobre quem falarei chegou ao meu consultório recomendado pela diretora da escola em que estudava, minha amiga dos tempos de faculdade. Em sua mensagem de e-mail, ela dizia que um aluno de dezessete anos, "articulado, inteligente e confuso", me procuraria. Segundo ela, seria um "caso interessante".

Levei suas palavras em consideração.

O paciente interessante

Fazia muito calor em São Paulo. Na rua, as pessoas tinham passado a manhã desejando que chovesse para se refrescarem um pouco. Ninguém imaginava, porém, que fosse escurecer tão de repente, ou que fosse cair tanta água do céu. Uma hora e meia de chuva foi suficiente para conturbar o trânsito de toda a cidade.

Meu consultório fica no vigésimo andar de um prédio comercial. Da janela, avisto a marginal do rio Pinheiros. Sentado em minha poltrona, pude ver quando as nuvens negras começaram a cobrir o céu e a escurecer todo o horizonte.

Acendi as luzes na recepção e andei até a copa para fazer um pouco de café. Voltei ao consultório com minha caneca na mão, conformado com o fato de que o possível novo paciente não compareceria a nossa primeira sessão. Não chegaria a tempo, ficaria preso no tráfego. Coisas da vida em São Paulo.

Sentado sob a luminária acesa, esperava a qualquer instante a cortesia mínima de um telefonema cancelando a consulta. Enquanto isso, para não perder tempo, comecei a ler um projeto de tese de uma orientanda.

O compromisso com Sergio Y. era o último do dia, mas, como ele não conseguiria chegar até mim, encerraria meu expediente mais cedo. Ficaria no consultório até que o trânsito estivesse menos congestionado e eu pudesse voltar para casa tranquilamente.

Não conheceria o rapaz inteligente e confuso recomendado pela colega de faculdade, mas teria tempo de ler o projeto de tese da Luciana Cossermelli, coisa que eu teria de fazer de qualquer maneira. Para mim, naquele momento, tanto fazia se atendia a um paciente novo ou se acabava de ler um projeto sobre metodologia para a implantação de centros públicos para saúde mental. Era tudo trabalho, que deveria ser feito.

No entanto, às cinco em ponto, a campainha do consultório soou. Para minha surpresa e admiração, ele chegara sem atraso à consulta.

Como a recepcionista havia saído mais cedo por causa da chuva, eu mesmo lhe abri a porta. Vestia jeans, tênis e uma camiseta branca com uma estampa do Mickey Mouse. Antes de me cumprimentar com um aperto de mão, apresentou-se: "Eu sou o Sergio Y., vim recomendado pela professora Heloísa Andrade, do Colégio Rousseau. Tudo bem?".

Reconheci o sobrenome e deduzi que ele fosse filho de quem era mesmo. Conhecia seu pai de nome. À época, porém, não sabia que seu cabelo negro e liso era como o de sua mãe.

No consultório, esperou que eu o convidasse a sentar. À minha frente, de forma muito desenvolta, tomou a iniciativa da conversa. Falou que havia pedido à diretora de sua escola uma recomendação de terapia porque "queria garantir um futuro minimamente feliz". "Eu sou muito pessimista", me disse.

Tinha consciência de que, objetivamente, contava com todos os elementos necessários para uma vida feliz. Tinha saúde. Tinha conforto material. Era bonito. Gostava de sua escola. Seus pais eram bons com ele.

No entanto, sentia-se triste o tempo todo. Uma vez, disse:

"A minha natureza é deprimida. Sempre foi. Não consigo escapar dela". Hoje, em retrospecto, parece-me claro que foi o inconformismo com sua situação de infelicidade que o levou a me procurar.

Por alguma razão que não entendia, mais cedo ou mais tarde seu humor sempre se revertia para um estado de infelicidade, que, segundo ele, parecia um dado permanente de sua realidade: um sentimento de tristeza constante, que não conseguia parar de sentir e cuja origem não podia identificar. Sua natureza íntima era infeliz. A afirmação "sou uma pessoa triste", assim, entre aspas, consta das notas que tomei em nossa primeira sessão.

Depois que ele saiu, lembro-me bem, tive de limpar o tapete do consultório, que seus sapatos embarrados sujaram. Enquanto apagava suas pegadas, pensava que havia gostado da maneira como ele articulava as ideias.

Na segunda sessão, Sergio Y. tomou a iniciativa de me perguntar se poderia passar para o divã. Deitado, contou que não possuía muitos amigos, mas que não se sentia isolado por isso. Falou de sonhos recorrentes que tinha com o seu bisavô e com antepassados armênios de quem nunca tinha ouvido falar e que nem sequer identificava.

Sua forma de se expressar era insólita para um garoto de dezessete anos. Era loquaz sem parecer ansioso, e, mais importante, seu tom de voz não me irritara, coisa que tendia a acontecer com alguns pacientes novos que me recomendavam.

Convenci-me de que o caso de Sergio Y. me interessava de fato na sessão seguinte. Para os nossos encontros, ofereci-lhe as quartas-feiras, de cinco às seis da tarde.

Ele aceitou.

A felicidade que prometeram
e não entregaram

O traço de personalidade que mais me atraía em Sergio Y. era sua integridade. Ele contava com todos os elementos necessários para uma vida convencionalmente feliz. A família, o mercado e a sociedade: tudo lhe indicava felicidade. No entanto, recusava-se a aceitar esse autoengano que sua vida lhe sugeria. Minha impressão inicial era que Sergio Y. procurava manter independência em relação ao que a família e as pessoas que o conheciam esperavam dele. Ao buscar psicoterapia aos dezessete anos de idade, demonstrava coragem para desafiar o senso comum de que sua felicidade era incontornável. Sentia-se infeliz e era fiel a seus sentimentos. Isso lhe bastava.

Sempre teve boa saúde. Media 1,87 metro de altura e pesava setenta e oito quilos. Não tinha enfermidade congênita ou infecciosa. Tinha dentes perfeitos. Ausência de dor e de doença, que é o pressuposto físico da felicidade, Sergio Y. tinha de sobra.

Levara uma vida protegida. Até os dez anos, teve sempre uma babá, que cuidava dele quando não estava na escola. Seus pais nem sempre estavam disponíveis. Via o pai praticamente só nos fins de semana. Via a mãe às vezes antes de ir para a escola e na hora do jantar.

Nunca havia presenciado uma briga dos pais. A impressão de Sergio era de que eles tinham um bom casamento. Teve um irmão gêmeo, que nascera anencéfalo e morrera depois de oito dias. A lembrança visual que Sergio Y. tinha do irmão era uma fotografia que encontrara muitos anos antes, enquanto brincava de se fantasiar no guarda-roupa de seus pais. Dentro de uma gaveta, um bebê de três dias de idade, de olhos fechados e cara amassada, aninhado nos braços de sua mãe, com uma touca enfiada até as sobrancelhas para esconder a ausência da tampa do crânio.

Ele evitava pensar naquela imagem. Jamais voltou a abrir aquela gaveta, mas, segundo me disse, não acreditava que a morte de Roberto tivesse a ver com seu sentimento de infelicidade. Garantiu-me que isso não pesava em seu coração.

"Meus pais fizeram questão de me poupar. Nunca comentaram comigo a morte de meu irmão. Eu não participava da dor que eles sofriam. Se não tivesse encontrado aquela foto no armário da minha mãe, acho que nem lembraria que tive um irmão."

Nas nossas sessões, falava da expectativa dos pais em relação a ele e de sua indefinição vocacional. Considerava-se "difícil para fazer amigos". Às vezes, mencionava uma colega de escola chamada Sandra, por quem, aparentemente, nutria sentimentos platônicos. Contou-me que "admirava sua maneira de ser". Quando perguntei se gostaria que ela fosse sua namorada, disse que tinha "coisas mais urgentes na vida para resolver".

Fiquei curioso com a menção de "coisas mais urgentes para resolver", mas queria que ele as apresentasse de maneira espontânea. Eu não tinha entendimento claro do que Sergio buscava na terapia. Ele era misterioso para mim. À época, pareceu-me melhor dar tempo ao tempo. Foi o que decidi fazer.

Nenhum tema teve preponderância no curso do tratamento. Nossa terapia era uma colcha de retalhos. Minha impressão era de que, como médico e paciente, tínhamos uma dinâmica agradável e até certo ponto produtiva, mas, ao mesmo tempo, excessivamente lenta e cautelosa.

Um dos temas recorrentes em nossas conversas era seu bisavô, Areg, que decidira deixar a Armênia e imigrar para o Brasil. Outra referência constante era sua condição de infelicidade.

Considerava-se infeliz, sem que, no entanto, isso fosse perceptível. Era sóbrio. Sua tristeza não transparecia. Se não professasse seus sentimentos, ninguém saberia de nada. Jamais levantaria suspeitas.

Acredito que essa sua sobriedade em relação ao que sentia era a expressão de uma alma precocemente madura. Não negava sua condição infeliz. Ao contrário: reconhecia-a, mas a rechaçava, fugia dela, tentava derrotá-la. Ter procurado a terapia era evidência disso. No entanto, não a exibia publicamente.

Comigo falava mais de sua família que de si próprio. Tenho a impressão de que, ao falar da família, queria expor a história da qual provinha, o enredo do qual fazia parte. Sergio Y. queria se explicar, entender a genealogia de sua infelicidade inelutável, com o objetivo, eu esperava, de superá-la.

O bisavô

As sessões mais interessantes e produtivas que tivemos foram aquelas em que Sergio Y. falava de seu bisavô, Areg Yacoubian, que aos dezesseis anos embarcara em um navio em direção ao Brasil.

Sergio contou que o bisavô se instalara na cidade de Belém, onde um conterrâneo, Hagop Moskofian, havia aberto, quatro anos antes, um escritório de representação comercial. Chegara ao Pará em março de 1915, tendo passado por Recife e Fortaleza antes de desembarcar.

A primeira função de Areg foi de almoxarife. Orgulhava-se de ser rápido e de manter o controle dos estoques sempre em ordem. Ajudava Hagop no que fosse necessário. Todas as noites, antes de dormir, esforçava-se para ler por vinte minutos as notícias de *A Província do Pará* para aprender português. Tinha reputação de frugal e bem-disposto, e de que vivia para o trabalho.

Quando Areg chegou a Belém, Hagop instalou-o em um pequeno depósito na sobreloja, do qual Areg foi se apropriando no correr do primeiro ano de trabalho. O depósito acabou se transformando em seu quarto de dormir — "e de sonhar", como Sergio fazia questão de frisar, citando palavras do bisavô.

Em 1919, patrícios que haviam chegado de Constantinopla, fugidos dos massacres turcos, trouxeram a notícia de que a família de Areg havia sido deportada de Erzerum, onde vivia, e desaparecera. Soube-se depois que no mesmo dia, de uma só vez, Areg perdera todos os familiares. Morreram os pais e os onze irmãos, que não quiseram buscar vidas mais felizes do que aquelas que acabaram nas mãos de um comando otomano.

Segundo me contou Sergio — assim lhe haviam contado —, depois que soube da morte da família, Areg, o último Yacoubian, jamais derramou uma lágrima por qualquer motivo, alegre ou triste.

Soube prosperar. Tornou-se sócio de Hagop no escritório de representação e, em 1924, aos vinte e cinco anos de idade, casou-se com Laila, filha única de Samir Simon, dono de uma loja de roupas femininas no bairro do Comércio.

Com o passar do tempo, os dois armênios forjaram uma amizade fraternal, que durou toda a vida. Tornaram-se compadres. Areg manteve sua associação com Hagop, mas também abriu negócios sozinho ou com outros sócios. Vendia de tudo, de brinquedos a máquinas para panificação. Aos doze anos, seu único filho, Hagopinho, já trabalhava com ele nas Lojas Laila.

Ao morrer, aos cento e três anos de idade, era dono de um império comercial e imobiliário que se estendia por praticamente todo o Brasil.

A importância do exemplo de Areg na formação da visão de mundo de Sergio Y. era enorme. Isso ficou claro uma vez mais quando, nem faz tanto tempo assim, voltei a escutar a gravação da sessão em que ele me contou sobre a festa de cem anos do bisavô.

34

Eu tenho um sonho recorrente com o meu bisavô Areg. No sonho, ele faz um discurso para uma plateia, só que a única pessoa na plateia sou eu. Começa a discursar, mas ele fala baixo, e eu não consigo ouvir muito bem o que ele diz. Me aproximo para escutar melhor, mas só consigo ouvir sua última palavra: "feliz". Eu sei o que provoca esse sonho. São as lembranças da festa de cem anos do Areg, lá no Pará. Eu fui. Toda a minha família viajou para Belém. Meus pais, meu tio Elias, minha tia Valéria, meu primo José. Todo mundo. Ficamos todos hospedados na casa do meu avô Hagopinho.

A festa foi na própria casa de meus avós. Contrataram um bufê de São Paulo e armaram mesas na varanda e no jardim. Até instalaram um toldo, para o caso de chover. Entre familiares e convidados, éramos umas cinquenta pessoas. Depois que cantaram "Parabéns", Areg quis chamar a atenção dos presentes batendo com um talher na taça de vinho à sua frente. Quando fizeram silêncio, levantou-se. Tirou uma folha de papel do bolso. Olhava para o papel, que segurava com as duas mãos, e parecia que leria um texto escrito, mas, antes de começar a falar, dobrou a folha e pousou-a sobre a mesa. Limpou a garganta e começou seu discurso.

Aos cem anos, Areg estava bem de saúde. Era vivaz. Andava devagar, mas com firmeza. Falava baixo, mas dava boas mensagens. Acho que a maior parte dos convidados daquela noite nem sequer conseguiu ouvir o discurso. Eu, porém, estava perto dele, na mesa da família, e ouvi cada palavra. Percebi que ele ficou com a voz embargada e que gaguejou um pouco. Eu tinha uns onze, doze anos nessa época. Lembro tudo isso em detalhe. Nunca consegui esquecer o que ele disse. Acho que eu estou aqui hoje por causa daquele dia. Foi por causa do discurso dele que eu entendi que precisava fazer algo para ser feliz. Vi o vídeo do aniversário do Areg tantas vezes que sei o discurso de cor. O senhor quer ver? Posso até imitar o sotaque.[...]

Depois que ele falou e as pessoas começaram a cumprimentá-lo, eu me aproximei e peguei a folha de papel que ele tinha deixado sobre a mesa. Enfiei o papel no bolso rapidamente, sem pensar, como se eu estivesse surrupiando algo. Mais tarde, trancado no banheiro, quando abri a folha do discurso, percebi que a única coisa que o Areg havia escrito com a sua caligrafia tremida eram as seguintes palavras: "Se a felicidade não está onde estamos, temos de ir atrás dela. Ela às vezes mora longe. Tem de ter a coragem para ser feliz".

Trouxe a folha de papel com a mensagem do Areg para São Paulo. Guardei-a dentro da minha agenda, na gaveta da minha escrivaninha. Até hoje a tenho. É como se fosse um talismã para mim.

O discurso que ele
tem na memória

"Queridos amigos,

Na celebração do centenário do meu nascimento, eu gostaria, em primeiro lugar, de agradecer a minha família e a meus amigos. Também quero agradecer ao nosso querido Brasil, que me deu tudo o que eu tenho.

Eu vim de uma cidade chamada Erzerum. Lá, eu era jovem, mas não tinha alegria de viver. Eu via que não tinha futuro. Sentia a guerra chegando. Precisava sair de lá para poder ser feliz. Algo me dizia que era a minha única possibilidade.

Agora, que já completei cem, sei que a vida é muito curta para ser triste. Ter uma vida feliz é ter mais dias felizes do que dias tristes. Então, o conselho que eu dou aos mais novos é: tentem sempre fazer seus dias felizes. O que conta é ter o maior número possível de dias felizes.

Não é para esquecer que existe tristeza, porque a gente sabe que tristeza existe mesmo. Mas tem de recusar a tristeza e a infelicidade. Também tem de trabalhar duro, porque trabalhar ajuda em tudo.

Quando eu era criança, nunca tinha pensado que havia um país do outro lado do mundo chamado Brasil — nem que eu me tornaria brasileiro.

Tenho orgulho de ter tido coragem de sair da Armênia para buscar minha felicidade, de ter encontrado e de ter garantido a continuidade do nome de minha família. A família que perdi em Erzerum eu recomecei aqui em Belém.

Laila, Hagopinho, Otília, Elias, Valéria, José, Salomão, Tereza e Sergio. Meu irmão de sempre, que já partiu, Hagop, que eu não posso esquecer, meus amigos, meus colaboradores. Vocês são a felicidade que eu encontrei no Brasil.

Se eu tivesse me conformado e ficado na minha cidade, no lugar onde nasci, o nosso nome nem existiria mais. Não haveria Areg, não haveria Hagop, não haveria Elias, não haveria Salomão, nem Sergio nem José. Não haveria ninguém. O nosso nome teria desaparecido. Nenhum Yacoubian estaria aqui.

Por isso, a mensagem que eu gostaria de deixar aos mais novos é que acreditem que a felicidade existe. Vão atrás dela, mesmo que para isso vocês tenham de fazer uma coisa nova, que nunca imaginaram fazer. A felicidade vem da coragem de fazer algo novo. A felicidade existe. Eu sou a prova viva disso."

Era inverno para os outros, mas, para ele, era verão

Durante o período em que Sergio se consultou comigo, só suspendemos o tratamento uma vez, por quatro semanas, de 15 de dezembro de 2006 a 15 de janeiro de 2007, para férias.

Nessas quatro semanas, Sergio foi para Nova York com os pais. Eu fiquei na minha casa de praia, lendo, tomando banho de mar, fazendo caminhadas e supervisionando o conserto de uma infiltração no quarto de hóspedes que me obrigou a refazer parte do telhado.

Enquanto eu comprava cimento em Ilhabela, Sergio Y. reinventava seu destino. Gostaria de saber se foi ainda em Nova York que ele decidiu o que iria fazer da vida, ou se foi só depois, quando voltou para São Paulo e reencontrou o seu cotidiano.

Em algum daqueles dias de férias, Sergio resolveu empreender a viagem mais radical de sua existência. Não tenho como saber se ele começou essa viagem de metrô, pela linha verde número 4, ou se foi de táxi que chegou a Battery Park.

Porém, o meio de transporte que ele utilizou para ir do hotel no Upper East Side até o Museu da Imigração de Ellis Island, no extremo sul de Manhattan, onde sua vida começou a mudar, não faz a menor diferença. Em qualquer hipótese, chegou à ilha de balsa. O importante é que, ao desembarcar, ele saía da água para a terra firme.

Nas notas que tomei e nas gravações das sessões que antecederam essas férias, há frequentes referências a Nova York. Na época do tratamento, não poderia imaginar a importância que a cidade adquiriria para Sergio. Como eu mesmo havia morado lá, sugeri-lhe alguns passeios. A visita a Ellis Island foi um deles.

"Você, que gosta dessas histórias de coragem, não pode deixar de ir ao museu de Ellis Island. Pode ser que você ache interessante saber mais sobre os imigrantes, ver seus objetos pessoais, conhecer histórias de gente que, como o Areg, apostou tudo na própria felicidade", foi mais ou menos isso que lhe disse antes de sua viagem.

Atirei no que vi e acertei no que nunca tinha visto.

Em nossa primeira sessão depois das férias, na tarde de 16 de janeiro, Sergio Y. chegou ao meu consultório um pouco antes do horário marcado. Ainda na sala de espera, me entregou uma sacola plástica, dessas de duty-free. Dentro da sacola, uma pequena gravura emoldurada e um livro de capa dura.

"Desculpe que não deu para embrulhar para presente", disse.

O livro era uma tradução para o inglês do *Livro do desassossego*, de Fernando Pessoa. *The Book of Disquiet*, lia-se contra o fundo roxo da capa. A gravura, por sua vez, trazia a imagem de um navio antigo cruzando elegantemente o oceano. Sob a figura, uma legenda em que se lia: "SS *Kursk*, 1910-1936, Barclay, Curle & Co. Ltd. Glasgow, Scotland".

"A edição é bilíngue. Achei útil ter. O quadro eu achei em Ellis Island. Espero que você goste. É especial. Comprei vários livros lá. Muito obrigado pela dica", foi o que ele, basicamente, me falou.

Lembrava-me de que ele, em algum momento, havia dito que gostava da poesia de Fernando Pessoa. "Essa história dos heterônimos é incrível. Como é que a mesma pessoa pode se sentir muitos, de várias maneiras diferentes?", comentara em alguma sessão.

Que ele me desse uma edição bilíngue de seu poeta favorito era previsível, quase lugar-comum. Já havia recebido exatamente esse mesmo tipo de presente de outros pacientes. No entanto, pareceu-me insólito que ele me desse uma gravura barata com o desenho e a história de um navio chamado SS *Kursk*, que, soube depois, fazia a rota entre Libau e Nova York no auge da grande imigração europeia para os Estados Unidos.

Confesso que, na ocasião, embora grato pelo gesto e pela lembrança, me incomodou um pouco que Sergio pudesse achar que eu penduraria uma gravura daquela qualidade na parede. Vi que a havia comprado na loja do museu que eu lhe recomendara visitar. Foi assim que justifiquei o presente.

Por meses, deixei o SS *Kursk* sem pendurar, solto pelo consultório, às vezes sobre a escrivaninha, apoiado na parede, às vezes atracado sobre os livros. Agora que ele se tornou muito mais especial para mim, permanece estacionado sobre a estante, ao fundo do corredor. Propositalmente, é um dos primeiros objetos que percebo quando chego ao consultório.

Na sessão seguinte, Sergio preferiu não se deitar no divã. Pediu para se sentar na poltrona em frente à minha escrivaninha, no mesmo lugar em que tinha se sentado na primeira vez em que viera me ver. Calmamente, olhando-me nos olhos, disse que já não queria se tratar comigo. Foram estas as suas palavras, sentado diante de mim, com as chaves do carro nas mãos: "Dr.

Armando, acho que descobri uma maneira de ser feliz. Tive uma revelação numa de nossas conversas e acho que já sei como encaminhar a minha vida. Sinto que já não preciso voltar aqui. Desculpe-me não ter dito nada antes, mas eu não sabia. Obrigado por tudo".

Foi o que me falou.

Era como se, depois de horas e horas de uma longa viagem rodoviária, um passageiro se levantasse calmamente do assento e se dirigisse ao motorista para explicar que havia tomado o ônibus errado e que, portanto, precisava descer.

Entregou-me um cheque pelas sessões que devia, deu-me um aperto de mão e saiu para tomar chuva.

Em razão desse episódio, fiquei de mau humor e dormi mal por vários dias.

Perguntava-me se o processo de "revelação" que ele mencionara teria sido, de fato, desencadeado por alguma de nossas conversas. E, em caso positivo, por qual.

Admirava a inteligência de Sergio Y. Gostaria de tê-lo mantido como paciente. Seu abandono me entristeceu bastante como médico. Mas o ótimo é inimigo do bom. Como diria um amigo meu: assim é a vida na cidade grande. As coisas não acontecem necessariamente como a gente quer.

Anos depois, Sergio Y. já não ocupava muito espaço nas minhas divagações, mas tampouco havia desaparecido totalmente de meus pensamentos. Na minha contabilidade profissional, Sergio Y. era um passivo a descoberto.

As coisas só começaram a mudar em uma tarde de verão em que eu havia ido ao shopping center procurar um par de sapatos e aproveitei para dar uma passadinha no supermercado.

O perfume da mãe
e o cheiro do queijo

Percebi sua presença de imediato e tive a impressão de que ela também percebera a minha. Esperávamos juntos que o único balconista acabasse de atender a uma senhora que comprava trezentos gramas de muçarela de búfala.

Senti vontade de observá-la, mas preferi olhar para a vitrine de queijos e evitar aquela mulher de cabelo preto, preso para trás, que usava brincos de brilhantes tão grandes que até eu, que não sou particularmente atento a joias, os notei. Com os queijos à minha frente, pensava na obviedade com a qual ela exibia sua riqueza. Estava lá: o estereótipo feminino de uma categoria de gente que eu conhecia muito bem do meu consultório.

Pediu ao balconista um pedaço de queijo parmesão, que apontou com o dedo esticado. Enquanto esperava seu pedido, olhou para mim, aproximando-se e dirigindo-me a palavra:

"Dr. Armando?", falou como se me conhecesse. "Sou Tereza Yacoubian, mãe do Sergio, que foi seu paciente faz alguns anos."

De início, não entendi o que ela dizia. Demorei uns dois

segundos para recuperar o nome de Sergio na minha memória. Cumprimentei-a quase por reflexo.

"Muito prazer, como vai a senhora?"

"Vou bem, obrigada", respondeu, olhando-me nos olhos de baixo para cima. "Deixa eu me desculpar pela intrusão, mas é que, desde o tempo em que o Sergio fazia terapia com o senhor, eu sempre quis lhe dizer algo que eu nunca tive a oportunidade de falar. Nós temos amigos em comum, mas o senhor sabe que a vida em São Paulo é uma loucura. A gente mora na mesma cidade, mas é como se morasse em outro país."

"Pois é", respondi, sem saber o que dizer.

Considerava toda aquela situação insólita, mas, como a aproximação de Tereza havia sido amistosa, tinha a confiança de que o que ela queria me dizer era agradável. Na verdade, naquele momento, achava bom que o acaso me pusesse em contato com a mãe de meu ex-paciente, de quem não tinha notícias havia anos.

"O senhor ajudou tanto o meu filho. Nem sei como agradecer todo o bem que o senhor fez pelo Sergio. Foi por isso que tomei a liberdade de lhe falar. O senhor foi muito bom para o meu filho. Eu queria lhe agradecer. Não queria perder esta oportunidade. Muito obrigada, mesmo."

Não esperava aquela intervenção e, muito menos, que ela acabasse em agradecimento. Fiquei ruborizado, mas gostei de ouvir.

"Eu é que lhe agradeço, Tereza. Fico feliz em saber que o ajudei. O Sergio é um garoto muito inteligente. Como ele está? O que está fazendo?", perguntei, procurando ser simpático.

"Ele está feliz. Se mudou para Nova York um mês depois que parou a terapia com o senhor. Mora lá desde essa época. Já faz quase quatro anos. Mudou a vida completamente. Se o senhor o encontrar, não vai nem reconhecer. Se formou em gastronomia em junho. É maluco por cozinha. Este queijo que eu

estou comprando é para uma receita que ele me mandou. O pai
está abrindo um restaurantezinho para ele ganhar experiência.
Coisa pequena, só oito mesas. Hoje, mais cedo, ele me ligou
para contar que finalmente conseguiu a licença para vender be-
bidas alcoólicas..."

"Abrindo um restaurante? Que surpresa! Já tem nome o
restaurante?"

"Tem sim, chama-se Angelus", disse.

"Angelus? Que diferente... Onde fica, em Manhattan?"

"É. Fica na Hudson Street, quase na esquina da Charles. O
senhor sabe onde é?"

"Mais ou menos. Isso é no West Village, certo?"

"Isso mesmo."

"Então já sei, sim. Quer dizer que o Sergio está bem e feliz?"

"Está ótimo. Acho que não poderia estar melhor. E deve
muito dessa felicidade ao senhor. Eu também, como mãe, devo
muito ao senhor. Conte sempre comigo."

"Por favor, mande um abraço meu a ele. Eu tenho uma
filha fazendo MBA em Nova York, se forma no ano que vem. Di-
ga-lhe que quando eu for para a formatura farei uma visita ao
restaurante dele." O balconista de frios já tinha o pacote de Tereza embrulhado e esperava pacientemente o fim da conversa.

"Vou dizer a ele. Tenho certeza de que ele vai adorar saber
que o encontrei no supermercado."

Despedimo-nos com um aperto de mão indeciso, que evo-
luiu para um beijo no rosto.

Pedi ao balconista duzentos gramas de queijo coalho. Enquanto ele retirava o queijo da vitrine, eu me deliciava com as
boas notícias que acabara de receber de Sergio e seu restaurante.

O pai de Sergio era um empresário importante. Administrava a cadeia de lojas de eletrodomésticos da família que se espalhava pelo Brasil. Sergio teria condições de viver bem onde bem entendesse e de fazer o que porventura quisesse, mas, como filho único de Salomão Yacoubian, era de esperar que ele fosse viver em São Paulo e cumprir seu destino hereditário nos negócios da família.

Aparentemente, por força de alguma contingência da vida, não cumprira ainda esse destino. Estudara gastronomia e estava prestes a abrir um restaurante em Nova York. Tudo isso com o apoio dos pais. Quem poderia ter aventado essa hipótese? Eu, pelo menos, nunca teria adivinhado. Fui surpreendido. Saber de sua situação e de seu progresso foi de longe a notícia mais agradável daquele dia.

No futuro, Sergio poderia ser famoso. Apareceria em revistas e em documentários. As pessoas fariam reservas com três meses de antecedência para ocupar uma das poucas mesas de seu restaurante no West Village.

Acho que era isso o que eu lhe desejava.

Poderia, por outro lado, transformar-se em mais um garoto riquinho fracassado, que não deu em nada. Faria o restaurante falir, mudaria de ideia, abriria outro negócio e o levaria à falência novamente. Teria um cartão de visita e uma mesada das Lojas Laila, e nada aconteceria com ele. Continuaria vivendo, sem maiores consequências para ele ou qualquer outra pessoa.

Durante a terapia, o seu interesse pelas artes culinárias jamais emergiu. Para mim, a imagem de Sergio como chef de cozinha, dono de restaurante, era uma realidade quase implausível, com a qual teria de me habituar. Mas a verdade era que eu não dispunha de informação suficiente para julgar a decisão tomada por ele. O que eu tinha eram impressões. Não poderia avaliar a firmeza de sua força de vontade.

Porém, independentemente das razões que tivera para fazê-lo, ficava claro que Sergio decidira tomar seu destino nas próprias mãos. Pelo menos por enquanto, não venderia fogões, não cumpriria o papel de herdeiro presuntivo da cadeia de lojas na qual milhares de brasileiros compravam televisões de tela plana em quarenta e oito prestações.

Para isso, parece, teve de abandonar São Paulo. Pelo menos por uns tempos. Traçara uma estratégia de vida própria, que agora executava. Aparentemente, estava feliz.

Ainda que parcialmente, a felicidade de Sergio era creditada a mim por sua própria mãe. Em mim, naquele momento, o que ficava dele era satisfação e orgulho.

Quase quatro anos depois do nosso último encontro, foi isso o que soube dele. Naquele momento, em minha cabeça, dava alta a Sergio Y. Ele entrava para a minha enorme galeria de clientes satisfeitos.

Finalmente, poderia esquecê-lo.

O encontro com Tereza Yacoubian me alegrou. Senti-me gratificado. Além disso, gostei do perfume que ela usava. Saí do supermercado e, com esse espírito de satisfação, fui a uma loja de sapatos e comprei uns mocassins que tinha achado bonitos, mas que me pareceram excessivamente caros antes de me encontrar com a mãe de meu paciente satisfeito.

Mania, morte, enterro e transformação

Sou um pouco maníaco por limpeza. Digo "um pouco" porque acredito que minha mania está sob controle. Tenho preferências e métodos de operação, mas não tenho bloqueios que me atrapalhem ou impeçam de levar uma vida normal. Se lavar as mãos todas as vezes que me der vontade, lavarei as mãos umas trinta vezes por dia. No entanto, se for obrigado, posso ficar um dia inteiro sem lavá-las, ainda que isso me incomode bastante.

Faz uns seis, sete anos que cheguei à conclusão de que ler jornal em papel sujava muito as mãos. Isso passou a me incomodar de tal maneira que, a certa altura, eu preferia simplesmente nem o ler mais, só para não ficar com os dedos sujos daquela tinta preta. Um dia, finalmente, alguém mencionou a existência de luvinhas japonesas específicas para este fim: manusear o jornal sem sujar os dedos. Encontrei-as em uma loja na Liberdade e comprei logo doze pacotes. Custavam os olhos da cara, mas, durante anos, foi o que me permitiu tranquilidade durante a leitura.

Hoje, as coisas mudaram. Leio as notícias na internet. Uma

vez por noite, passo um spray antisséptico no teclado do computador, só para satisfazer minha neurose obsessiva. Também tenho um pequeno aspirador de pó e um desinfetante de mãos. Com isso me resolvo.

Todos os dias, entre meia-noite e uma da manhã, depois que fiz a leitura de minhas notas do dia, ligo o computador. Primeiro, verifico minhas contas de e-mail. Respondo às mensagens que exigem atenção imediata. Em seguida, passo para o resto. Quando já respondi tudo o que podia ser respondido, em geral por volta de uma e meia da manhã, começo com os jornais on-line.

Às vezes, dependendo da hora que vou para a cama, consigo ler as edições do dia seguinte. Quando isso acontece, tenho a vantagem de acordar com os jornais do dia já lidos. A desvantagem é que, durante o dia, nenhuma notícia consegue me surpreender muito, porque eu já tenho conhecimento do noticiário. Mas pelo menos isso me libera tempo para outras atividades.

Essa leitura no comecinho da madrugada me relaxa. A luz da tela vai me hipnotizando. Vou desligando aos poucos. Não sou o único que usa a leitura como indutor do sono. Muita gente faz isso. Entre duas e duas e quinze, desligo o computador, me levanto, escovo os dentes e vou me deitar.

O problema é que, às vezes, algumas notícias são tão ruins que, em lugar de induzirem ao sono, provocam inquietação e angústia.

A primeira vez que uma notícia me pareceu tão perturbadora a ponto de me impedir de dormir foi no Onze de Setembro. A cobertura detalhada dos ataques a Nova York me perturbou profundamente. Hoje, a lembrança daquela destruição toda já se dissipou. Mas acho que nunca me esquecerei do que senti. Passei a noite em claro, com imagens e pensamentos que não conseguia digerir.

A segunda vez que senti algo semelhante, que me impediu

completamente de dormir, foi há cerca de um ano, em fevereiro de 2011. Estava prestes a desligar o computador quando deparei com a seguinte notícia:

> Na manhã da última quinta-feira, a polícia de Nova York encontrou o corpo de Sergio Yacoubian, filho do empresário Salomão Yacoubian. Sergio tinha vinte e três anos e vivia em Manhattan, onde era dono de um restaurante. O brasileiro caiu do quarto andar de sua casa no bairro do West Village. A polícia acredita que possa ter sido vítima de homicídio, embora não haja ainda indicação de suspeitos. Procurada pela reportagem em São Paulo, a família não quis dar declarações.

Quem sabe por conta de algum mecanismo de defesa inconsciente, não relacionei a vítima com meu ex-paciente logo de cara. A sonoridade do nome era familiar, mas precisei de alguns segundos para fazer a vinculação entre aquele brasileiro morto em Manhattan e o Sergio Y. a quem havia dado alta semanas antes.

A notícia me deixou atônito. Meu impulso inicial foi negar o vínculo. Quis achar que se tratava de um homônimo com a mesma idade e a mesma profissão. Ele tinha sido meu paciente. Sua mãe havia me contado que ele estava bem. Tinha tudo para ser feliz. Era jovem. Não devia ser ele.

Mas era.

Em geral, saber da morte de uma pessoa idosa não me comove. Como médico, concebo bem a noção de que a idade degenera e mata o corpo. Para mim, é claro que a vida conduz à morte. Para mim, isso é fácil de aceitar.

O corpo do velho teve tempo para as experiências fundamentais da vida. A morte de quem teve tempo de viver não deve causar pena. Não é que não lamente a perda da pessoa, mas a morte de um idoso não me emociona tanto assim. Todo mundo morre, mesmo. É só uma questão de precedência.

Em contrapartida, tenho muita dificuldade para assimilar a morte de um jovem. Fico comovido ao saber de vidas que acabaram incompletas. As mortes dos jovens vêm por doenças incuráveis, acidentes de trânsito dispensáveis, em geral cercadas de revolta. Ainda que se deem placidamente, são sempre violentas.

Mas as vítimas jovens de assassinatos, além de prematuramente, ainda morrem com medo. E morrer jovem com medo é a pior forma de morrer, porque a morte olha a vítima nos olhos e é reconhecida. Quem morre tem tempo de ver a morte chegar e de entender que vai morrer.

O cadáver do rapaz com medo encontrado no quintal de sua casa em Manhattan e o corpo do meu ex-paciente coincidiam no nome, na nacionalidade e no DNA. Viviam na mesma cidade. Tinham a mesma idade. Não havia dessemelhança.

Pela internet, tentei pesquisar sobre o crime nos jornais nova-iorquinos, mas não obtive resultados. A morte havia rendido uma pequena nota em um jornal desimportante da cidade. Era o único registro.

Sergio Y., de vinte e três anos de idade, brasileiro, formado em gastronomia, talvez promissor dono de restaurante, ex-paciente do dr. Armando, morrera assassinado em Manhattan.

Meu paciente de dezoito anos, herdeiro único de Salomão Yacoubian, vai para Nova York estudar gastronomia e acaba assassinado sabe-se lá por quem ou por quê. Simplificadamente, foi esse encadeamento de fatos o que primeiro se articulou na minha cabeça.

Em seguida, vieram as perguntas. O que terá acontecido? Teria se envolvido com drogas? Quem o teria matado? Um amigo? Um assaltante? Uma namorada? Um empregado? Como é que o paciente que sai otimista do meu consultório chega aonde chegou? Quais foram as estações antes de sua morte estrangeira?

À ausência dessas respostas, a morte de Sergio não fazia sentido para mim. Não conseguia pensar em outra coisa. As circunstâncias daquela morte tornaram-se minha obsessão.

A verdade é que eu sabia muito pouco. Não contava com elementos suficientes para responder de forma satisfatória às perguntas que eu tinha sobre o assassinato. Sabia que a morte havia sido infligida, que não havia sido natural. Mais do que isso não poderia sequer deduzir, apenas imaginar.

Nos dias que se seguiram, procurei informações sobre a morte de Sergio Y. na imprensa, mas não achei nada.

Quatro dias depois da notícia que me deixou acordado pelo resto da noite, encontrei o seguinte anúncio fúnebre, que havia sido publicado nos dois principais jornais de São Paulo:

Tereza e Salomão Yacoubian cumprem o doloroso dever de comunicar o falecimento de seu filho SERGIO EMÍLIO YACOUBIAN, ocorrido em 2 de fevereiro na cidade de Nova York. Missa em intenção de sua alma será celebrada no dia 9 de fevereiro, às 11 horas, na Igreja Apostólica Armênia do Brasil, na avenida Santos Dumont, 55, centro, na cidade de São Paulo.

Agora sei que, enquanto eu me retorcia com perguntas sem respostas, Tereza e Salomão haviam ido a Nova York, acompanhados de seu advogado, para liberar o corpo do filho.

A polícia nova-iorquina demorou cinco dias para autorizar o envio do corpo ao Brasil. O caixão saiu do aeroporto diretamente para o cemitério, onde apenas os familiares mais próximos assistiram ao enterro. Debaixo da terra, Sergio Y. poderia, finalmente, desaparecer, cedendo seu espaço no mundo a outra pessoa.

Escolhi um terno cinza bem escuro, quase preto, para ir à missa. Vesti uma camisa social branca e uma gravata roxa, cor de luto, para transmitir um ar de solenidade, a meu ver adequado diante da expressão física da morte. O dia era de sol, e eu usava óculos escuros. Ocupei um dos últimos bancos da igreja, com a cabeça vazia, esperando, ouvindo o padre recitar as palavras da liturgia, levantando e sentando de acordo com o que faziam os demais.

Apenas uma vez durante a missa meu olhar se cruzou com o de Tereza. Ela me olhou nos olhos, rápida mas profundamente, por dois segundos. Depois, retirou os olhos para o infinito. Na missa, Tereza não via ninguém. Ali, o bem que eu havia feito a Sergio Y. já não representava mais nada.

Quando a missa acabou, antes de sair, fui até a frente do altar para dar-lhe meus pêsames.

"Obrigada pela presença", disse, sem levantar os olhos.

"Não podia deixar de vir. Gostava muito dele", respondi.

Apertou a minha mão direita com as duas mãos. Balançou a cabeça com tristeza, sempre com os olhos baixos. Estendi a mão a Salomão, que me cumprimentou protocolarmente, sem identificar quem eu era exatamente.

Antes de sair da igreja, senti uma necessidade urgente de lavar as mãos. Na pia do banheiro junto à sacristia, com as mãos ensaboadas, tive uma quase-alucinação. Subitamente, me veio a impressão de que minhas mãos estavam sujas de sangue. Sentia sangue nas palmas, nas unhas, entre os dedos. Sob a água da torneira, com muito sabonete, fui aos poucos conseguindo retirar aquele sangue imaginário.

Foi um pouco depois disso que comecei a ter pesadelos frequentes, que envolviam as várias dúvidas que permaneciam sobre a morte de Sergio Y.

Das pessoas com quem conversara — dois amigos da família, que eu também conhecia —, consegui saber muito pouco. Não descobri sequer as circunstâncias gerais do episódio. A única coisa que sabia era que ele havia sido assassinado. Continuava a ignorar o autor e suas razões.

Pensei em telefonar para Tereza. Dela, quem sabe, poderia extrair alguma informação que ajudasse a satisfazer a curiosidade pantagruélica que eu sentia em relação à morte de seu filho e que já começava a me incomodar.

Apesar de minha vontade, acabei não ligando. Não conseguiria ser suficientemente cínico. Não me arrependi. À época, fiz o que me pareceu correto, mas o fato é que continuei totalmente no escuro, sem saber de nada a respeito do assassinato de Sergio Y.

Tornei-me obsessivo. Por horas a fio, eu compunha uma série de cenários para a morte de meu ex-paciente. Sonhava com assassinos, com quedas de janelas, com a cara de medo de Sergio, vestido de chef de cozinha, com a cabeça sangrando, coberto de neve, no quintal de sua casa.

Passei a acordar no meio da noite e perdi o apetite completamente. Duas semanas depois do início desses sintomas, tive uma ideia de como poderia ter respostas para as minhas perguntas mais básicas sobre o caso. Meu raciocínio era o seguinte:

Sergio fora assassinado em sua casa no West Village. Segundo a notícia do jornal, a polícia de Manhattan procedia a investigações sobre o assassinato. As respostas que eu buscava se encontrariam, portanto, nas conclusões das investigações.

Talvez a polícia até já conhecesse as circunstâncias da morte de Sergio Y. Já saberia quem o havia matado, e por quais razões. Se as investigações houvessem sido concluídas, eu poderia ter acesso a pelo menos algumas das respostas.

Em algum lugar do sistema judicial de Manhattan deveriam constar os registros do suposto homicídio. Se algum suspeito tivesse sido indiciado, existiriam também informações sobre o processo judicial. Com sorte, poderia haver até depoimentos de testemunhas. Era nos registros da justiça nova-iorquina que eu satisfaria a minha curiosidade sobre as circunstâncias da morte de Sergio Y.

No dia seguinte, enquanto tomava banho, depois de voltar da ginástica, me veio à mente algo que eu já sabia, mas em que não havia pensado: nos Estados Unidos, as informações sobre processos judiciais são de domínio público. Portanto, qualquer um que as requeresse formalmente poderia, ainda que por intermédio de um advogado, ter acesso às informações sobre qualquer crime cometido no país.

Perguntei a um primo — o filho de minha tia Yeda, com quem minha mãe morou na alameda Jauaperi —, que trabalha como advogado, se ele conhecia algum escritório nos Estados Unidos que me pudesse ajudar a conseguir informações sobre um homicídio ocorrido em Manhattan.

"Vou falar com o nosso escritório correspondente em Nova York para ver como é que a gente faz isso. O crime foi cometido em Manhattan, certo?", foi a única coisa que me perguntou.

Dois dias depois de nossa conversa, meu primo me telefonou. Havia falado com o escritório de advocacia em Nova York, e eles recomendaram uma agência de investigações criminais, uma espécie de despachante, que navegaria os meandros da burocracia policial e poderia identificar e selecionar as informações relevantes que me interessassem no caso. O advogado americano com quem o meu primo falara ofereceu-se para solicitar as informações à agência.

"Vai te custar uns dois mil doletas, mas pelo menos você não tem preocupação, e eles te mandam cópia de toda a papelada, tudo direitinho, acho que vale a pena. Aqui está o e-mail do cara do escritório em Nova York. Escreve para ele, que ele está esperando seu contato", disse meu primo Jorge.

Naquele mesmo dia, mais tarde, escrevi para Oliver Hoskings. Pedi informações sobre o possível assassinato do cidadão brasileiro Sergio Y., ocorrido no dia 2 de fevereiro de 2010, no bairro do West Village.

Meu e-mail foi respondido cerca de quinze minutos depois. Hoskings me pedia confirmação do nome completo da vítima e de que o óbito tinha ocorrido no distrito de Manhattan. Escrevi-lhe confirmando as informações, e ele me prometeu um contato em breve.

Três dias depois, recebi uma mensagem de Oliver Hoskings informando que não havia registro algum de homicídio consumado ou de tentativa de homicídio contra Sergio Emílio Y. em Manhattan na data que eu indicara. Perguntava se eu gostaria que ele ampliasse o período da pesquisa para três dias antes e três dias depois de 2 de fevereiro, com o quê concordei.

No dia seguinte, voltou a me escrever. Disse que podia garantir que não havia registro de óbito em nome de Sergio Y. em Manhattan. No entanto, chamava minha atenção para um fato singular: outra pessoa com o mesmo sobrenome havia sido assassinada em Grove Street, no West Village, na data que eu havia indicado inicialmente. Perguntou se eu queria informações sobre essa outra pessoa. Fiquei curioso com a coincidência e disse que sim.

De todas as informações que Hoskings me passou, os únicos dados que não faziam sentido eram o primeiro nome (Sandra) e o sexo (feminino) da vítima do assassinato em Grove Street, em 2 de fevereiro de 2010. A narrativa que meu advogado americano conseguira produzir de sua pesquisa junto ao sistema judiciário era a seguinte:

Sandra Yacoubian, nascida em São Paulo, Brasil, em 10 de janeiro de 1988, fora encontrada pela diarista brasileira Edna Alves, morta, de bruços, numa poça do seu próprio sangue. Sandra fora empurrada do quarto andar pela vizinha. Caíra, quebrara o pescoço e morrera exangue no pátio do quintal da casa que dividia com sua assassina no número 12 de Grove Street.

Pouco antes da morte, Sandra tinha ingerido álcool e havia indícios de que fumara maconha. Fora empurrada da janela pela vizinha do andar de baixo. Na *townhouse* que dividiam, anunciada no mercado imobiliário como "magnífica", o apartamento de Sandra Yacoubian ocupava os dois andares superiores. O de Laurie Clay, sua assassina, os dois inferiores.

Como Sandra, Laurie tinha vinte e três anos de idade. Estudava moda na Universidade de Nova York e mantinha um blog sobre estilo na internet. Sua família vinha de Louisville, e ela era herdeira do maior fabricante de mostarda do Kentucky. Entregou-se à polícia espontaneamente, cinco dias depois do crime.

Alegou que, sob efeito de drogas e álcool, matara Sandra por ordem de Deus, que lhe aparecera em alucinação. Fora condenada a vinte e dois anos de reclusão, e se encontrava num presídio chamado Beacon Correctional Facility, na cidade de Beacon, a cerca de cento e cinquenta quilômetros ao norte de Nova York.

Por sugestão de Hoskings, solicitou-se uma pesquisa sobre se haveria, nos registros civis de Nova York, indicação de que Sergio Emílio Y. tivesse, em algum momento, mudado de identidade.

Foi assim que descobri que Sergio Y. e Sandra Yacoubian eram a mesma pessoa. Ou melhor, que eram derivações distintas de um mesmo corpo. Sergio, que havia adquirido cidadania americana graças a um visto de investidor, solicitara em agosto de 2009 a mudança formal do seu nome e gênero a um tribunal de Manhattan, que reconheceu o pedido e autorizou a mudança. A justificativa para o pedido era "transexualidade".

Depois que descobri e entendi o que havia passado com Sergio Y., entrei em choque. Foi como se tivesse adoecido. Até hoje, não entendo exatamente o que me aconteceu. Fiquei apático. Não conseguia me concentrar. Parei de comer. Em um mês apenas, emagreci quase seis quilos.

Quando ia chegando a hora de dormir, sentia um desconforto, um incômodo tão grande, de que eu só me livrava com um banho morno e um ansiolítico. Às vezes, dormia bem durante a noite e acordava relaxado. Outras vezes, porém, passava a noite toda com insônia, sem conseguir dormir até que o dia já estivesse claro.

Senti-me obrigado a reler todas as notas e a ouvir todas as gravações das sessões com Sergio. Nosso ano de análise tinha rendido um caderno de capa verde e vários arquivos de computador.

Passei toda uma tarde sentado relendo as notas. Muitas me pareciam desconexas. Em cinco anos, a memória apaga e seleciona. Tinha de aceitar que muitas das palavras e ilações que anotara sobre Sergio já não faziam sentido algum para mim. Nem sequer lembrava a que se referiam. O que havia eram frases soltas e palavras sublinhadas. Em nenhum lugar no caderno havia menção às palavras "transexual" ou "transexualidade", coisa lamentável para um médico do quilate que eu julgava ser.

Pelo que a releitura das notas me evocou, Sergio Y. sentia-se infeliz e não queria se resignar com a condição de infelicidade em que se encontrava. Disse uma vez que era "fruto da coragem de meu bisavô". Se Areg tivesse ficado onde nasceu, teria morrido assassinado, e ele, Sergio, jamais teria nascido. "Abandonar o lugar em que vivia para continuar vivendo." Anotei essa frase entre aspas. Acho que, já naquela época, Sergio Y. via a imigração como uma maneira de assegurar e dar seguimento a sua vida.

Nas notas, surpreendentemente pululavam menções a Nova York. "Nova York como possibilidade de reinvenção" (08/08/2006), escrito em tinta azul. "Viagem a Nova York nas férias. Visita ao museu de Ellis Island" (12/11/2006), em tinta negra. Dei-me conta de que, de alguma maneira, o futuro de Sergio em Nova York já estava documentado nas anotações.

Quando eu tinha alguma dúvida ou queria aprofundar ou esclarecer alguma das notas dos cadernos, ouvia a gravação da sessão correspondente. Foi diferente ouvir sua voz sabendo que estava morto. A sensação que tive quando voltei à gravação foi a de que ele estava falando do além, usando o computador como alto-falante. Naquela semana, passei duas tardes e duas noites ouvindo Sergio Y. morto discorrer sobre a sua vida.

A culpa é toda minha

Eu jamais percebi quaisquer indícios de transexualidade em Sergio Y. Ele tampouco mencionou algo que pudesse, a meu ver, indicar conflito em relação a sua identidade sexual. Parece incrível, mas eu não notei nada.

Quando Tereza Yacoubian me abordou em frente ao balcão de queijos do supermercado e contou que o filho vivia em Nova York, achei o fato perfeitamente natural. Podia imaginá-lo vivendo em Nova York. Fazia sentido. Parecia plausível.

No entanto, era difícil conciliar o que eu achava que conhecia sobre Sergio com as descobertas que agora fazia a respeito de sua condição transexual e das circunstâncias de sua morte precoce.

As perguntas, para mim, passaram a ser outras: que papel eu teria tido no destino trágico de Sergio Y.? Teria eu a mesma importância que me conferira quando soube que ele estava feliz?

Quando sua mãe me disse que ele estava bem, em Nova York, abrindo um restaurante no West Village, aos vinte e três anos de idade, senti-me responsável por sua felicidade. Senti-me construtor, catalisador de sua vida feliz. Até comprei um par de mocassins que estava namorando, para me autogratificar.

Agora que a vida feliz do meu paciente tinha se acabado, de quem era a responsabilidade? Minha também? Era culpado porque não havia feito nada? Era culpado porque não havia visto nada? De que grave erro médico era responsável? Imperícia? Negligência? Empáfia?

Mas, ainda que eu fosse culpado, ninguém, além de mim, chegaria a saber de nada. O Conselho Federal de Medicina não poderia cassar a minha licença profissional. Nem sequer haveria investigação. Jamais fariam a ligação entre a morte de Sergio Y. e as sessões de terapia que ele fazia comigo. Sergio morreu anos depois disso, nos Estados Unidos, vítima de outro crime.

Mas o que foi que eu lhe disse que o encaminhou àquele fim trágico? Como pude não ter notado o que mais o afligia? Será que eu, de alguma maneira, o ajudei a desenvolver a revelação torta que o levou para sua morte? Segundo o próprio Sergio, foi numa conversa nossa que ele teve a "revelação" do que fazer com a própria vida.

E o que foi que ele fez com a própria vida? Desfigurou-a. Entregou-a a um assassino.

Fui duas vezes ao cemitério visitar seu túmulo. "Sergio Emílio Yacoubian, 10/01/1988 — 02/02/2011" é o que consta. Sandra não deixou registro de sua breve vida naquela lápide. Sandra nasceu Sergio e permaneceu Sergio depois de morta.

Depois da morte de Sergio, o meu trabalho com os pacientes perdeu a graça. De estimulante, passou a ameaçador. Comecei a imaginar, para cada um de meus analisandos, uma morte particular, causada por mim. De confirmação do meu bom trabalho, os pacientes passaram a representar a possibilidade de erro. Minha falta poderia significar a morte de cada um deles, como aparentemente acontecera.

Àquela altura, eu só queria lavar o sangue que não conseguia deixar de sentir nas mãos. Ficava aliviado quando um dos pacientes cancelava a consulta. Cada sessão cobrava de mim um preço enorme em energia dispendida e desprazer. Estar com os pacientes passou a ser uma tortura. Tinha de me livrar daquilo. Não dei muitas explicações. "Precisamos suspender o tratamento por três semanas." Saí de férias.

Eu sentia que não estava conseguindo lidar sozinho com o conflito psicológico e a culpa que as circunstâncias da morte de Sergio haviam desencadeado em mim. Antes que o problema crescesse e me fizesse seriamente doente, resolvi falar com Eduardo, meu colega de faculdade, que conheço há mais de quarenta anos.

É com Eduardo que discuto meus casos clínicos. Falo com ele quando tenho dúvidas e quero uma segunda opinião. Antes que eu saísse de férias, conversamos duas vezes. O incômodo em relação aos meus pacientes, no entanto, persistiu.

Durante as três semanas que estive fora, passei apenas quatro noites na casa de praia, para dar uma olhada geral. O resto do tempo fiquei em São Paulo. Ia à academia de ginástica pelas manhãs e também vi muitos filmes, porque o período coincidiu com a Mostra Internacional de Cinema.

Por um lado, tentava ocupar meu tempo de forma produtiva. Por outro, queria me transportar para longe da minha existência real, fugir do tempo presente. Hoje vejo isso de forma muito mais clara. À época, não sei se me dava conta.

A fonte principal de minha frustração era não ter detectado qualquer indício de transexualidade em Sergio Y. Senti-me ludibriado por minha única e exclusiva incompetência. Eu sempre achara que o segredo de ser transexual nunca era tão profundo assim, que aflorava em todas as atitudes, em todos os momentos, em todas as decisões, desde a infância. Para mim, a dor na alma e a bagunça interna seriam tão visíveis, que ninguém precisaria ser psicanalista freudiano ou junguiano para fazer o diagnóstico.

Imperícia médica. A mesma falta que comete o médico que não diagnostica a meningite. Lembro-me do meu professor de prática médica, dr. Pedro Veríssimo, para quem "pode-se sempre evitar a imperícia". Eu falhara no meu trabalho e sentia a minha incompetência como o elemento fundamental na tragédia que acometera Sergio Y.

Mas ele jamais mencionara nada que eu tivesse podido interpretar como indicativo de conflito em sua identidade sexual. Nunca. Ignoro quantas camadas de medo abafavam esse segredo dentro dele. Estava tudo oculto. Ele, naturalmente, sabia o que se passava e, voluntariamente, se calou. Não teria a obrigação de me contar nada. Há que se respeitar a vontade do outro.

Eduardo não parecia chocado com a minha falha profissional. Um dos primeiros comentários que fez depois que lhe falei de minha angústia foi: "Não sei por que você se preocupa tanto com um caso sem solução. A morte não tem solução mesmo, Armando. Todas essas terapias que a gente faz só têm sentido enquanto estamos vivos. Mortos, não nos servem mais de nada. Sergio Y. morreu, certo? As coisas não são assim, tão preto no branco. É esse entendimento óbvio que eu quero incutir em você. A responsabilidade que você sente que tem no caso de Sergio Y. é infundada, quase ridícula. Acorda, Armando! Você é apenas um entre os inúmeros fatores da equação que resultou na morte desse menino de vinte e três anos. Você não definiu nada. Você não conhecia as contingências sob as quais essa morte ocorreu. A triste verdade, Armando, é que, nesse caso, sua importância é menor. Eu te conheço. Sei que é difícil para você aceitar um papel menor, mas acho que é isso o que você deveria tentar fazer".

À época, não compreendia que, sem perceber, reproduzia no meu entendimento o estereótipo de que a morte de um transexual é sempre causada pela tragicidade de sua própria vida. Mas a morte de Sergio Y. — transexual ou não — poderia ter sido fortuita. Sua vida talvez não tivesse sido trágica. Isso também acontece. Era essa a conclusão a que eu deveria tentar chegar. Se ele houvesse sido atingido por uma bala perdida, ou um raio, ou um carro desgovernado, seja em São Paulo, seja em Nova York, estaria igualmente morto. Continuaria jovem, transexual e morto, independentemente do agente de sua morte.

Com essa orientação psicológica em mente, fui dando seguimento à vida. Aos poucos, retomei meus pacientes regulares e continuei com a ginástica pela manhã. Sentia-me tranquilo, mas ainda pensava diariamente no tipo de papel que teria tido na morte prematura de meu ex-paciente.

O tempo, porém, desgasta tudo, e aos poucos o sentimento de responsabilidade por um ato prejudicial contra Sergio Y. foi-se diluindo. À medida que eu conseguia me afastar do problema, minha culpa ia se transformando em dúvida.

Revendo a minha agenda, noto que foi no dia 19 de março que resolvi ligar para Tereza.

Chovia muito. De minha janela, via a chuva refletir as luzes dos faróis na Marginal. O barulho da água caindo abafava o zumbido do tráfego. A cidade, encharcada e tensa, escurecia. Naquela tarde, a maior preocupação dos habitantes de São Paulo era chegar logo de volta as suas casas.

Meu paciente da quinta-feira ligou às cinco e vinte avisando que não conseguiria chegar a tempo da sessão. Esse telefonema me dava trinta minutos livres até meu próximo encontro, um estudante que gostaria de me apresentar um projeto, mas que talvez tampouco aparecesse por causa da chuva.

Resolvi aproveitar o tempo extra para responder algumas mensagens de e-mail e para pagar a fatura de meu cartão de crédito na internet. Da página do banco, fui passando de site em site, navegando sem rumo, até chegar, não me pergunte por qual conexão, à página da Associação Brasileira de Oncologia.

Só menciono essas minhas divagações no computador porque foi através delas que cheguei às fotos do jantar de comemoração do aniversário do Instituto Nacional de Câncer. A terceira foto do evento trazia Tereza e Salomão Yacoubian com o presidente do instituto. Salomão vestia um terno azul-escuro, camisa branca e gravata cor de vinho; sua mulher usava um vestido cinza e olhava diretamente para a câmera. Não tinham o ar de quem comemorava, mas escondiam a tristeza com dignidade.

Naquela tarde, liguei para Tereza Yacoubian em um ato de impulsividade. Cheguei a cogitar que esse telefonema pudesse ser inconveniente, mas resolvi interpretar o fato de eles terem sido fotografados em um evento social como evidência do fim do luto. Decidi achar que aquela foto os fazia acessíveis para mim.

Tinha isso em mente quando peguei o telefone.

"Tereza? Como vão as coisas? Aqui quem fala é Armando, ex-terapeuta do Sergio. Você tem um momentinho para falar? Desculpe-me ligar para você assim, sem avisar. Mas eu andei relendo minhas notas da terapia e tinha umas perguntas a lhe fazer, se você não se incomodar. Tenho sonhado com o Sergio. No sonho, ele usa um avental de cozinha. Acho que é a imagem que você me deu naquela vez em que nos encontramos no supermercado."

"Eu estava comprando queijo para um suflê..."

"Como é que foi isso, Tereza? O que aconteceu com o Sergio?"

"Dr. Armando, a gente não entende direito. Eu não consigo falar disso bem ainda. Não é que eu não queira. Eu até gostaria de falar com o senhor sobre o Sergio. Do mesmo jeito que o senhor tem perguntas a me fazer, eu também teria perguntas a fazer ao senhor. É que não consigo ainda. Tenho medo de me desestruturar. O senhor sabe a importância que teve nas decisões de vida que ele tomou. Se o senhor tiver dúvidas de natureza clínica, que outro médico possa esclarecer, eu posso lhe passar o e-mail da médica dele lá em Nova York. Se quiser, eu posso escrever para ela e dizer que o senhor entrará em contato. O nome dela é Cecilia Coutts. Ela pode explicar o que estava acontecendo com o Sergio. Mas, como disse, ainda é muito doloroso falar da morte do meu filho. Anote o e-mail da dra. Coutts, por favor."

"Claro, Tereza. Desculpe-me a invasão", falei.

Anotei o endereço que ela me soletrou. "Quando eu puder falar, a gente fala", disse, antes de desligar.

Acabei a ligação constrangido. Naquela hora, lamentei haver cedido a um impulso.

Buscava satisfazer minha curiosidade sem consideração pelos sentimentos de uma mãe que perdera seu único filho. Me senti péssimo. Quão mais baixo eu poderia cair? Quis achar que ela entenderia que o que parecia mera curiosidade de minha parte não era curiosidade, mas interesse. Quem, de alguma maneira, demonstra interesse por um filho morto, agrada aos pais que ficaram vivos, porque o interesse é nobre e ressuscita.

"Dr. Armando, agradeço seu interesse por meu filho, mas não posso ajudá-lo agora. Ajudarei quando me sentir capaz."

Subitamente, dava-me conta de que, para Tereza, Sergio continuava insepulto.

Lia os jornais na internet até bem tarde. Acordava por volta das oito. Fazia café e dava comida para o gato. Atendia os pacientes que tinha de atender, retornava as ligações que me faziam, e, aparentemente, a vida continuava igual.

77

A única mudança conspícua na minha rotina era a ausência de minha diarista, Rosa, que entrara em licença-maternidade. Sua prima, Rosangela, a substituía. A ausência de uma era compensada pela presença da outra. No entanto, nos meses que se seguiram à morte de Sergio Y., muita coisa mudou para mim. Eu me havia tornado uma pessoa mais medrosa e um médico menos comprometido. A morte de Sergio Y. me havia tornado pior.

Passei a carregar uma culpa nos ombros e uma tristeza no coração que eu não queria que ninguém identificasse. Não porque me degradassem, mas porque me davam vergonha.

Sergio foi a minha grande falha profissional. Acho que nunca errei tanto com nenhum outro paciente como errei com ele. Era justo que ele me fizesse sentir minhas mãos sujas do sangue cujo cheiro eu quase podia sentir. Mas não queria que ninguém soubesse dessa vulnerabilidade.

A única pessoa que tinha conhecimento dessa minha situação era Eduardo, meu colega de faculdade, discreto por temperamento e sempre sensato em seus conselhos. Ele entendia o que eu sentia, mas não me culpava de nada.

Coisas que a gente faz por amor

Mariana nasceu na véspera do meu aniversário de quarenta e quatro anos. Eu já tinha cabelos brancos e uma barriguinha. Não esperava que viesse a ter filhos. Foi uma surpresa quando Heloísa me disse que estava grávida.

É difícil até hoje entender o que ocorre quando nasce um filho. A visão de mundo se transforma rápido. Preocupações antigas desaparecem; outras, novas, surgem. O importante vira banal. Isso acontece até com cães e gatos.

Não diria que fui um pai ausente, mas sei que sacrifiquei parte do tempo que poderia ter passado com minha filha. Não lamento ter feito isso. Com esse tempo que sacrifiquei, fiz outras coisas importantes para outras pessoas. Depois da morte de Heloísa, Mariana e eu nos aproximamos. Serviu como compensação.

Minha filha é bonita e ajuizada. Sempre foi boa aluna. No segundo ano da faculdade, começou a estagiar em um banco alemão na avenida Paulista. Estava no terceiro ano de economia quando a mãe morreu. Tinha vinte anos.

Pouco antes de se formar, falou-me que queria continuar estudando. Decidira fazer um MBA nos Estados Unidos. Preparou sozinha toda a papelada da postulação. Preencheu os formulários. Escreveu os ensaios. Conseguiu as cartas de recomendação. Dedicou meses ao processo. Mas valeu a pena. Foi aceita por todas as universidades em que pleiteou vaga. Escolheu a Universidade de Columbia, porque teria a oportunidade de viver em Nova York. Eu apoiei sua escolha. Ela pediu minha ajuda financeira, e eu dei.

Uma das boas lembranças que tenho na vida foi de quando fui ajudá-la a se instalar no dormitório dos estudantes na universidade. Ela moraria em um estúdio com uma pequena cozinha e um banheiro, alugado da Columbia, coisa de vinte e cinco metros quadrados.

Compramos uma cama, uma escrivaninha e alguns outros móveis numa loja que nos haviam recomendado na própria universidade. Montamos todos os móveis juntos, nós dois. Naqueles dias, passamos horas conversando, como amigos. Voltei para São Paulo orgulhoso. Gostava de vê-la aluna de uma das melhores universidades do mundo. Achava que ela teria condições de construir uma vida boa e de fazer coisas interessantes. Dava-me a sensação de estar cumprindo bem o meu dever de pai sozinho.

Sergio Y. morrera em 2 de fevereiro. Quatro meses e seis dias depois, em 8 de junho, se realizaria a cerimônia de colação de grau de Mariana.

Antes da morte de Sergio, pensava nessa ida a Nova York com antecipação. Depois que soube de sua morte, porém, a viagem passou a ser um sacrifício, algo que teria de fazer por amor, nunca por prazer. Mas não poderia faltar à formatura.

Eu tinha uma relação especial com Nova York. Tinha morado lá na mesma situação de minha filha, como estudante. Foi onde descobri o que queria fazer da vida. Foi lá que me comprometi com a psiquiatria.

Logo depois que me formei, por conselho de um professor meu na USP, candidatei-me a uma vaga de residente no Mount Sinai Hospital, em Nova York. Nessa época, era muito raro que aceitassem estrangeiros. Para a surpresa de alguns, mas não de todos, me aceitaram.

Cheguei à cidade no dia 4 de agosto de 1973, em um avião da PanAm. Era a primeira vez que eu saía do Brasil. Logo depois de minha chegada, com a ajuda do pessoal do hospital, encontrei um apartamentinho de um quarto para alugar na rua 102, perto do East River. O apartamento ficava no quarto andar de um edifício caindo aos pedaços, sem elevador, daqueles com escadas de incêndio por fora das janelas, no qual moravam vários outros residentes médicos como eu.

Levava meu trabalho a sério. Sempre havia sido aplicado nos estudos, mas durante a residência me esforcei como nunca. Passava a maior parte dos meus dias trancado no hospital, respirando ar condicionado, exposto à luz fria, absorvendo toda informação que podia, com um livro de medicina por perto, caso surgisse um momento de ociosidade.

Aos domingos, deixava de lado os diagnósticos e as técnicas de psicoterapia comunitária e caminhava pela cidade. Havia outros residentes com quem sair, mas eu preferia ir sozinho, para não ter de fazer concessões. Queria poder conquistar a cidade do meu jeito. Não queria dividi-la com ninguém.

Tenho lembranças maravilhosas dessa época e desses passeios. Passava o dia todo caminhando, consultando um mapa em busca das atrações que eu queria visitar, ou apenas vagando, sem rumo, sentindo a cidade se mexer à minha volta.

Depois que voltei a São Paulo, sempre que pude visitei Nova York. Nesses meus retornos, fazia o possível para me imbuir do mesmo senso de possibilidade e de confiança no futuro que me impregnava quando eu fazia residência lá, quando eu achava que poderia fazer e ser tudo na vida ("Afinal, quantos médicos recém-formados no Brasil são aceitos como residentes em um dos melhores hospitais do mundo?").

Eu andava pelas avenidas da cidade olhando para o alto, virando a cabeça, sem conseguir ver o topo dos edifícios, acreditando que as minhas possibilidades no mundo, assim como os prédios de Nova York, chegavam ao infinito, nunca tinham fim. Era esse sentimento renovado que, ao longo dos anos, eu buscava em meus passeios a esmo pelos quarteirões de Manhattan.

Aqui, agora, sentado em meu consultório, fecho os olhos e imagino os raios de sol que penetram entre os edifícios para formar poças de luz às nove da manhã nas calçadas da Terceira Avenida. Sinto o aroma do sabão em pó e do amaciante de roupa que a lavanderia da rua 98 expele nas pessoas que passam por ela.

Depois que soube da morte de Sergio, porém, minha relação com Nova York mudou. A ideia de estar na cidade em que ele morrera passou a me incomodar. Pensaria muito mais nele e em sua morte do que gostaria. Além disso, como médico, sentiria a obrigação de procurar a dra. Cecilia Coutts, para me informar sobre o caso Sergio-Sandra, que eu, obviamente, diagnosticara mal.

Agora, Nova York, cidade pela qual eu só nutria bons sentimentos e gratidão, havia se tornado também o cenário da morte de Sergio Y. Visitá-la equivaleria a confrontar minha culpa.

Como não podia evitar a viagem, procurava pensar que o sacrifício que eu faria era voluntário e insignificante perto das consequências que o meu desconhecimento podia ter causado. Além do mais, havia a Mariana, a quem eu não podia decepcionar. Com isso em mente, resolvi ignorar o medo. Comprei passagem e reservei hotel na rua 57. Ficaria na cidade por quatro noites. Chegaria na segunda e iria embora na sexta-feira.

Passaria por lugares em que Sergio estivera: a escola onde

estudara, a rua em que morara, a loja de produtos culinários que frequentara. A todo momento, poderia estar pisando sobre uma das pegadas que ele deixara por seus caminhos em Nova York.

Seria uma maneira de reencontrá-lo. Seríamos como dois atores filmados em tempos diferentes contra um mesmo cenário. Encontrados no espaço, mas desencontrados no tempo. Sergio Y. e eu nos reconheceríamos na paisagem.

Nova York

Convenci-me de que Eduardo era uma das pessoas mais sensatas do mundo quando ainda estávamos na faculdade. Essa opinião se mantém até hoje. Terão sido os conselhos e opiniões que ouvi dele ao longo dos anos? Não saberia dizer exatamente. Em nossas conversas sobre minha atuação no caso de Sergio Y., ele sempre foi enfático em recomendar que eu procurasse a médica dele em Nova York, a dra. Cecilia Coutts. Eu ainda tinha o endereço de e-mail que Tereza me dera quando telefonei para ela na tarde de chuva em que o paciente me deixou plantado.

Mais que qualquer outro fator, foram os argumentos de Eduardo que tornaram clara para mim a obrigação profissional de contatar a dra. Coutts. Posterguei esse dever quanto pude. Três dias antes de minha partida, no entanto, escrevi-lhe um e-mail apresentando-me e perguntando se, durante o curto período que eu passaria em Nova York, ela estaria disponível para uma conversa rápida sobre um ex-paciente em comum.

Ao procurá-la, dava início ao cumprimento de meu dever

profissional. No fundo, porém, esperava que a pouca antecedência do pedido inviabilizasse qualquer possível encontro.

A despeito de minha esperança, na manhã seguinte ao envio de minha consulta, encontrei a seguinte mensagem de Cecilia Coutts na minha caixa de entrada:

> Caro dr. Armando,
> Teria prazer em encontrá-lo para um café. O senhor poderia vir ao meu consultório nesta quinta-feira, às dez horas da manhã?
> Cordialmente,
> C. Coutts
> Médica. Ph.D.
> 73 Barrow Street, NY, NY — 10014[*]

O tom amistoso de sua mensagem me intrigou. Que tipo de mulher ela seria? Médica especializada em transgêneros com sobrenome de banqueiro inglês. Combinamos de nos encontrar na tarde do dia 9 de junho, véspera de minha volta ao Brasil.

Eu ainda não sabia, mas aquela viagem se revelaria uma grande lição de humildade para mim. Descobrir que eu era menos esperto do que me julgava; confirmar que conhecia muito pouco sobre Sergio Y. e que o havia subestimado horrivelmente; perceber que a cidade continuava lá, mas que o edifício em que eu morara na rua 102 havia sido demolido e não existia mais. Perceber que minha filha era adulta e não precisava mais de mim. Tudo, ainda que de forma positiva, era humilhante.

Iria a Nova York por minha filha e aproveitaria para aprender sobre um caso que eu não soubera tratar. Ingênuo, achava

---

[*] "Dear Dr. Armando,
I would be glad to meet you for coffee. Could you come to my office this coming thursday, at 10a.m.?
Best regards, C. Coutts, M.D., Ph.D. 73 Barrow Street, NY, NY — 10014"

que saber mais sobre Sergio Y. me ajudaria a reduzir o risco de causar destino trágico semelhante a outros pacientes. Um conhecimento clínico mais amplo poderia me fazer um ser humano melhor. Achava que era essa a saída para mim: o médico tinha de salvar a pessoa.

Admito que as conversas com Eduardo não me haviam redimido totalmente. Resistia em mim um resíduo de culpa difícil de eliminar. Mas eu sabia que, para superar o problema, teria de transformar meus sentimentos sobre a morte de Sergio em mera curiosidade sobre o desaparecimento de alguém que eu, um dia, conhecera. Meu dever de autopreservação impunha aceitar o destino de Sergio de maneira impessoal, como se nunca tivesse havido qualquer envolvimento entre nós.

Antes da viagem, eu estava ansioso. Excitação e nervosismo tomavam conta do meu corpo enquanto o avião se preparava para decolar. Eu fechava os olhos e respirava fundo, tentando relaxar. Via Sergio, caído de costas num pátio de tijolos coberto de neve; via o sangue que lhe saía da cabeça e manchava a cabeleira louro-platina que eu não conhecia; via o vermelho do batom borrado que sujava a cara dele, morto. Dentro dos meus olhos, enxergava a escola de gastronomia em que ele estudara, com professores franceses, de bigodes e dólmãs brancos sujos de sangue de carneiro.

Tomei um ansiolítico. Tirei os sapatos, reclinei a poltrona e coloquei os plugs de ouvido. Tinha começado a ler uma revista. Dormi tão pesadamente que nem acordei para o café da manhã. Abri os olhos, um pouco atordoado com o aviso da aterrisagem e com o movimento rápido das aeromoças pelo corredor.

Enquanto o avião taxiava lentamente, eu olhava pela janela, ainda sonolento, tentando identificar nas pinturas dos outros aviões as procedências exóticas de companhias aéreas que eu nem mesmo sabia existir.

Estranhamente, no aeroporto, a fila da imigração era pequena. Esperei duas pessoas serem atendidas antes de mim. A agente só me perguntou quantos dias eu pretendia ficar nos Estados Unidos. Mais nada. Tirou a fotografia, colheu as impressões digitais e, com um golpe pesado, carimbou e grampeou meu passaporte. Às oito da manhã, eu já estava no táxi, a caminho do hotel.

Para uma pessoa de olfato sensível, especialmente para um maníaco por limpeza como eu, andar de táxi pode constituir uma experiência desconfortável. Sempre me preparo para a eventualidade de odores desagradáveis. Comida, suor, gases: tudo é possível.

O táxi que eu havia tomado, no entanto, estava limpo e cheirava bem. Ia calado no banco de trás, olhando para fora, fantasiando a vida dos motoristas e passageiros nos carros que passavam. Alguns traziam uma caneca térmica na mão, e bebiam — chá, café, uísque? — enquanto dirigiam. Alguns moviam os lábios, como se cantassem ou falassem ao celular. Todos olhavam para a frente.

Pela identificação do motorista sobre o taxímetro, vi que se chamava Dieudonné Pascal. Na altura do túnel, em Midtown, para puxar conversa, perguntei-lhe de onde era. Disse que era haitiano. Não teve reação quando falei que era brasileiro. Viemos em silêncio até o hotel na rua 57, entre a Quinta e a Sexta Avenida.

Por sorte, no hotel, não tive de esperar o horário de entrada. Pude ir direto ao quarto, que já estava pronto. Havia um recado de Mariana no celular. Telefonei para ela e combinamos de almoçar num restaurante chinês na rua 93, a meio caminho entre o dormitório dela e onde eu estava.

Acertamos de nos encontrar ao meio-dia. No quarto, pedi um café e tomei uma longa ducha sentado na banheira. Fiz a barba, me vesti e saí para caminhar por Manhattan. Era um dia de sol, mas a temperatura estava agradável. Fui me entretendo com a paisagem e acabei fazendo todo o caminho do hotel ao restaurante a pé.

Fazia um ano que não via a minha filha. Contou-me do novo emprego, do apartamento que estava pensando em alugar, dos planos de ir à Índia para o casamento de um colega do namorado americano. Foi como se não tivéssemos deixado de nos ver um dia sequer.

Acompanhava o raciocínio dela. Chegávamos juntos às mesmas conclusões. Percebia que minha filha fazia com sua vida a mesma coisa que eu faria se a vida dela fosse minha. Nossa primeira conversa me fez bem.

A viagem seria curta. Tinha de organizar bem meu tempo. Em dois dias, na quarta, teria a cerimônia de formatura. Na quinta, me encontraria com Cecilia Coutts. Na sexta à tarde, voltaria para o Brasil. Tinha de ser rápido. Não poderia ficar esperando as coisas acontecerem. Por isso, já logo depois desse almoço, fiz o meu primeiro movimento na solução do mistério que me incomodava: fui ver o lugar onde o corpo de Sergio tinha sido encontrado.

Conhecer a casa na qual Sergio Y. vivera e morrera no West Village não faria a menor diferença do ponto de vista da objetividade. Subjetivamente, porém, o lugar onde ele morara era um elemento importante para contextualizar sua existência em Nova York. Imaginava o tipo de vizinhança e, antes mesmo de ir até lá, quase podia visualizar a casa que encontraria plantada no número 12 de Grove Street.

Pensei em tomar um táxi, mas achei mais prático ir de metrô. Desci em Union Square e, para aproveitar o dia de sol e relembrar a juventude, segui o resto do caminho a pé. Na minha caminhada, observava a sequência de ruas e de pessoas, quarteirão por quarteirão, até meu destino final no West Village.

Sergio morara naquela casa de pedra marrom e tijolo aparente durante os últimos quatro anos de sua vida. Perguntava-me se teria sido sua própria escolha habitar aquela construção solene, na frente da qual eu me encontrava.

Passei a mão pela mureta marrom. Olhei as escadas da entrada. Notei o detalhe do vitral colorido no painel da porta. Não cheguei a ver o jardim nos fundos, mas entendi sua localização no quintal. Imaginei Sergio naquelas escadas, em um dia de neve, descendo com cuidado para não escorregar.

Ele tinha morrido dois dias depois de uma nevasca que cobrira a cidade e interrompera o fornecimento de eletricidade por horas. Essa imagem invernal e uma sensação de frio me vinham ali, num dia de verão, com estudantes caminhando pelas ruas com camisetas e sandálias de dedo.

À noite, senti-me estranho. Não sabia se era cansaço ou começo de gripe. Meu corpo doía, meus pés doíam, minhas pernas doíam, e eu tinha muito sono. Ainda assim, jantei com a minha filha e duas de suas amigas da faculdade a quem ela queria me apresentar.

Durante toda a noite, conversei amavelmente com Victoria, argentina de General Roca, e Tatiana, italiana de Milão, e me diverti. Até esqueci o incômodo físico. Voltei para o hotel e dormi imediatamente. Nem cheguei a sonhar.

Na manhã seguinte, acordei muito cedo. Fiquei no quarto lendo os jornais na internet até por volta de nove e meia. Tomei banho e saí para comprar um paletó azul-escuro, que aproveitaria para usar na formatura. Também queria ir a uma joalheria comprar um anel de presente para Mariana.

Depois dessas tarefas, pretendia ir a um sebo perto de Gramercy Park procurar um livro. No caminho, passaria pela rua 23 e visitaria a escola de gastronomia em que Sergio Y. havia se formado.

No Institute of Culinary Education, procurei a secretaria. As informações que eu buscava, no entanto, eram protegidas por leis de privacidade, e eu não consegui saber quais cursos Sergio ou Sandra havia frequentado. As únicas informações que a secretária poderia me passar livremente eram se um ou outro havia sido aluno (sim, ambos haviam sido alunos) e se havia se diplomado pela escola (sim, Sergio Y. recebera dois diplomas da escola nos anos de 2007 e 2008; Sandra Yacoubian recebera um, em 2009).

Foi uma moça loira com uma serpente em forma de pulseira tatuada no pulso que me atendeu e me deu um folheto com os cursos oferecidos pela escola. Nele, recomendava-se que os alunos fizessem inicialmente um curso básico de fundamentos de cozinha e que complementassem o aprendizado com cursos de especialização de sua preferência.

Sergio havia completado três cursos naquela escola. Teria provavelmente feito um curso básico, para aprender técnicas gerais de cozinha e de tratamento de alimentos. O que estudou nos outros, eu não poderia saber. Se eu pelo menos conhecesse a especialidade do restaurante que ele quase chegou a abrir, teria como deduzir o que estudou. Mas, assim, às cegas, qualquer suposição era impossível.

A distância da caminhada e o desapontamento por não conseguir descobrir tudo o que queria sobre Sergio Y. me causaram, pela primeira vez naquela viagem, a sensação de derrota. Dava-me conta de que ele não apenas estava morto, mas que sua presença naquela cidade quase já não deixava vestígios. Sua presença se apagava. A cidade se esquecia dele. Em Nova York, Sergio Y. quase já não existia mais.

Naquela noite, Mariana tinha um jantar com amigos. Até pensei em me oferecer para acompanhá-la, mas o grupo era grande e eu seria o único pai presente. Resolvi pedir um sanduíche e uma garrafa de vinho no quarto e dormir cedo. No entanto, depois de dois terços da garrafa, me senti disposto e cheio de energia. Saí para uma volta a pé.

Andei em direção ao norte, pela Quinta Avenida, com o Central Park a minha esquerda. Ali, com o ar fresco do parque soprando no rosto, me enchi de confiança. Naquele momento me sentia capaz de seguir levando bem a vida. Resolveria meu conflito em relação a Sergio Y., voltaria para o Brasil e continuaria a ser bom, em termos profissionais e pessoais. Evitaria qualquer envolvimento com coisas negativas para os outros. Mariana seria feliz para sempre. Descobririam a cura para o câncer. Ninguém morreria jamais.

Na altura da rua 72, parte do vinho já havia sido processada por meu organismo, e minha euforia já cedia espaço ao cansaço. Andei mais uns três quarteirões e resolvi voltar.

No quarto, quis sentir de novo um pouco de ar fresco. Mas a janela tinha uma trava de segurança, e eu só consegui abrir uma fresta de uns cinco centímetros; era pouco para o ar entrar, mas suficiente para que o barulho abafado da cidade preenchesse o quarto todo.

Antes de dormir, pousei a cabeça sobre os lençóis da cama e me deixei perder em divagações ("A filha de um médico rico tem mais possibilidades que a maioria da população para se formar em uma boa universidade nos Estados Unidos, certo? Se eu fosse negro, e seu meu bisavô tivesse sido escravo, em que tipo de cama eu estaria dormindo agora? Que tipo de trabalho eu faria? Minha filha estudaria em Columbia? Mas para que pensar nisso? As coisas são como são. Dispor ou não dispor de recursos é matéria do acaso. Tem tanta gente que nasce bem e acaba mal. Acho que a minha filha adquiriu controle sobre sua vida. Nem sustentá-la mais eu preciso. Ela não é dada a extravagâncias. O namorado está em Chicago, com o pai, que tem câncer terminal. Conheci-o no ano passado, em São Paulo. Também já conseguiu trabalho. Daqui a pouco, essa menina se casa, e a minha missão de pai sozinho se completa...").

Acordei às seis da manhã. Um pouco porque andava com o fuso horário do Brasil e muito pela ansiedade que a formatura de Mariana e a proximidade do encontro com a dra. Coutts me causavam.

Além do paletó, usava camisa, gravata e sapatos novos. Antes de sair, me olhei no espelho e me achei elegante. Mais uma vez, o dia era de sol, mas não fazia calor. Às onze, já estava no campus da universidade. Sentei-me em uma das cadeiras de metal verde armadas no gramado em frente ao palco onde os diplomas seriam entregues e fiquei por lá, esperando uma chamada de celular de Mariana para que a gente pudesse se encontrar no meio de tanta gente.

Finalmente encontrei minha filha de beca negra, com uma faixa azul na cintura e uma pequena fita verde e amarela pregada no peito. Deu-me um abraço e um beijo, disse que me telefonaria para nos encontrarmos depois da cerimônia e desapareceu na multidão de seus colegas.

Gostei dos discursos e gostei de estar com tanta gente cheia de otimismo e esperança de realizar coisas novas. Depois da cerimônia, fui ao dormitório com Mariana para que ela trocasse de roupa e, de lá, fomos almoçar.

Ela quis ir a um restaurante italiano chamado Gino, que ficava longe da faculdade e não aceitava cartão de crédito. Por mim, teria ido a outro lugar mais próximo. Mas, como ela manifestou vontade de ir, e eu queria agradar, fomos ao tal do Gino. No mais, eu imaginava a razão de ela ter escolhido aquele restaurante específico.

Nenhum de nós dois recordava a altura exata do restaurante na Lexington Avenue. Acabamos descendo do táxi dois quarteirões antes e fomos andando pelo lado direito da avenida até encontrarmos a porta verde-escura. Sobre um cadeado trancado, um aviso colado na entrada dava conta de que o restaurante havia fechado as portas definitivamente no final do mês de abril.

("Out of business", era o que se lia no aviso. Depois averiguei que não haviam conseguido renovar o contrato de aluguel, e o proprietário, que já estava cansado, resolveu desistir do restaurante e se aposentar.)

"Imagine, esse restaurante estava aqui desde 1945. Era quase tão velho quanto eu", comentei com Mariana.

"Era o restaurante preferido da mamãe, lembra?"

"Lembro", respondi sério.

"Aonde a gente pode ir agora?"

Fomos a um restaurante no oitavo andar de uma loja de departamentos próxima. Gostei do prato principal (spaghetti alla carbonara) e da sobremesa (tiramisù). Depois de comer, convenci Mariana a aceitar que eu lhe comprasse algumas roupas, e isso me fez bem.

No final da tarde, despedimo-nos. Ela concordava comigo que eu não tinha nada a fazer em seu "baile de formatura". Ela voltou ao dormitório e eu, ao hotel. Parecia que ia chover, e, por isso, tomei um táxi.

Fui para a cama cedo. Adormeci embalado pelo sentimento de orgulho. No dia seguinte, sentiria vergonha, mas, em compensação, conseguiria saber mais sobre a vida e meu real envolvimento com a morte de Sergio Y.

Acordei cedíssimo. Antes de sair do hotel, procurei o endereço de Cecilia Coutts na internet, só para localizá-lo no mapa. Percebi surpreendido que sua casa ficava no mesmo quarteirão da casa de Sergio Y. O restaurante que ele abriria, por sua vez, também ficava bem perto de Grove Street. A escola de gastronomia ficava a uma estação de metrô. Aparentemente, Sergio queria concentrar sua presença naquela região.

Mas por que um apartamento no West Village? Pensei em várias explicações, mas acho que todas as minhas possíveis conclusões subestimariam os motivos de Sergio, que eram qualquer coisa, menos óbvios. Especulei sobre as razões que Sergio teria para querer viver no West Village. Uma delas poderia ser o fato de que o apartamento em que Sergio morava era de propriedade de sua família. Oliver Hoskings me informou que o proprietário do número 12 de Grove Street era uma empresa brasileira, deduzo eu que de propriedade de Salomão. Mudar-se de um apartamento próprio é muito mais complicado que transferir um aluguel.

Confuso, eu pensava nos aspectos simbólicos do bairro, como origem do movimento pela igualdade dos direitos homossexuais. Mas Sergio já dera prova suficiente de que era pragmático. Sua escolha teria se baseado majoritariamente em aspectos práticos. Algumas das ruas mais bonitas de Manhattan estavam na vizinhança. O consultório de sua médica, também. Estava perto da escola de gastronomia. Era um bom lugar para montar um restaurante pequeno. Compreendia-se que ele morasse ali. Eu mesmo adoraria morar onde ele morava.

O West Village tinha história de contracultura e projetava aura de boemia, mas era um bairro de gente rica. Não era endereço para qualquer um. Havia que se ter dinheiro para morar lá. As melhores casas, como a que Sergio ocupava, eram propriedade de artistas famosos e de advogados e banqueiros de Wall Street. Portanto, o único sinal claro que o endereço de Sergio Y. emitia era que ele continuava cercado pela classe social da qual provinha.

Para minha surpresa, o que depois vim a saber é que, quando Sergio informou aos pais que queria estudar em Nova York, Tereza e Salomão foram até lá e, sozinhos, escolheram o apartamento em Grove Street. Na época, aproveitaram o que poderia ser um capricho do filho para comprar um *pied-à-terre* na cidade. Mas o apartamento era muito mais ao gosto do filho que ao gosto dos pais, diria eu.

O advogado de Salomão tratou da papelada diretamente com a corretora de imóveis depois que eles resolveram fazer uma oferta pelos dois andares superiores da *townhouse*. Isso tudo me foi contado por Tereza, em uma conversa recente que tivemos.

Para Sergio, a caminhada até o consultório de Cecilia Coutts era curtíssima. Ele saía de casa, descia os degraus da entrada, virava à direita, andava até Bleecker Street, caminhava por um quarteirão e virava à direita em Barrow Street novamente. Nem sequer tinha de atravessar a rua. No percurso, passava por uma loja de vitaminas, uma papelaria e um pequeno cinema de filmes independentes a que ele às vezes gostava de assistir.

Como o apartamento de Sergio Y., o consultório também ficava em uma *townhouse*, no andar térreo. Parado ali em frente ao consultório da dra. Coutts, me vinha a imagem de Sergio Y. diante da porta. Seu dedo tocara o mesmo botão do interfone que eu tocaria. Sua mão tomara a mesma maçaneta de latão que minha mão tomava; empurrara aquela mesma porta de ferro fundido e vidro que agora eu abria. Exatamente como eu fiz.

Estávamos juntos no lugar, mas separados no tempo.

Depois da porta de ferro e vidro, segui por um corredor acarpetado e escuro. Toquei o botão preto da campainha sob o número 3 e senti o dedo de Sergio Y. sob o meu.

A vaidade quase me empurrou do abismo

Cecilia Coutts era muito mais atraente do que eu a havia imaginado. Seus lábios eram finos e seu sorriso parecia sincero. Media cerca de 1,70 metro e tinha cabelos pretos e lisos que faziam moldura ao seu rosto de traços bonitos. Devia ter cerca de quarenta anos, o que igualmente me surpreendeu. Talvez achasse que, por dividirmos o mesmo paciente, dividiríamos a mesma idade também.

Recebeu-me com um aperto de mão. Provavelmente por causa do dia de calor que se anunciava, vestia uma camiseta sem manga e — impossível não notar — não usava sutiã. Depois de me cumprimentar, pediu que a acompanhasse. Deu-me as costas e seguiu por um corredor. Eu a acompanhei. No caminho, perguntou se eu gostaria de uma xícara de café. Nunca fui muito fã de café, mas aceitei de bom grado seu oferecimento. Era o que devia fazer.

Entramos em uma sala ampla, com janelas altas. Não devia ser onde recebia os pacientes. Tratava-se, antes, de um grande escritório, onde ela lia, telefonava, escrevia e, deduzo cá comigo, também recebia visitas.

No canto, perto da porta, ficava um sofá em frente a duas poltronas. Na lateral, uma estante que ocupava toda a parede. Perto da janela, na outra ponta da sala, encontrava-se uma escrivaninha de madeira. Sobre ela, alguns livros, papéis espalhados e um laptop branco, ligado, com a tela aberta.

Cecilia indicou que me sentasse em uma das poltronas em frente ao sofá, ao que atendi obedientemente. Sem falar nada, saiu da sala e retornou ao corredor, de onde voltou com uma caneca de café e sachês de adoçante. Em lugar de colher, me passou uma espécie de palito de sorvete de madeira, só que menor, embrulhado em um guardanapo de papel. Sentou-se à minha frente e cruzou as pernas.

Eu iniciei a conversa agradecendo sua disponibilidade para me receber.

"Ms. Yacoubian me mandou um e-mail sobre o senhor", foi o que me disse, com um sorriso.

Continuou: "Sandra sempre falava do senhor. É um grande prazer conhecê-lo. O senhor é um dos meus heróis". "You are one of my heroes", foi o que ela me falou quando nos encontramos.

Tive presença de espírito suficiente para não demonstrar que ainda estranhava a mudança de nome do nosso paciente. No entanto, sentia certo desconforto, que, racionalmente, tentava superar. Policiava-me para não me referir a Sergio, e sim a Sandra. Para mim, era quase como falar em código.

Segundo Cecilia Coutts, Sandra era um caso inequívoco de disforia sexual. "Era um caso muito característico. O mais notável era que ela demonstrava entendimento não conflitivo de seu quadro clínico. Aceitava-se bem como fenômeno humano e fenômeno médico", comentou.

Contou que Sandra a procurara no mesmo mês em que chegara a Nova York. Já na primeira consulta identificou-se como transexual e declarou-se disposta a iniciar o processo de adequação sexual. "Ela me dizia que não queria perder mais tempo."

Sandra lhe contara que, aos doze anos, ao ler um artigo sobre transexualidade em uma revista, deu-se conta de que poderia ser transexual. Foi assim que identificara o que sentia em relação ao próprio corpo.

"Ela tentou falar com os pais, mas eles ficaram constrangidos. Sandra reconheceu o constrangimento que causara. Decidiu que, daquele dia em diante, não tocaria mais no assunto. Tereza e Salomão tampouco voltaram a mencionar a questão. Foi o que ela me contou. Talvez tenha pensado que o tempo mataria esse sentimento. Pode ter achado que conseguiria se render ao que se esperava dela. Poderia, da mesma forma, ter se suicidado. Mas nada disso aconteceu. O exemplo de Angelus deu a Sandra um sentido de possibilidade existencial que a vida de Sergio nunca havia tido. Esse sentido de possibilidade só chegou a ela graças ao senhor", disse.

Não me senti à vontade para, assim, logo de cara, confessar meu desconhecimento àquela mulher bonita que me chamara de herói. Tudo aquilo que ela dizia era novidade para mim. Mas não queria decepcioná-la. Resolvi que a ouviria mais, porque, no final das contas, tinha ido a seu consultório para ouvi-la. Ela sabia muito mais sobre o caso de Sandra do que eu. No momento oportuno, faria perguntas que poderiam elucidar minhas dúvidas sem, contudo, deixar patente a minha ignorância.

Cecilia Coutts explicou que os aspectos psicológicos da disforia de Sandra pareciam estabilizados. Tiveram oito sessões de avaliação. Foi nessa época, contou, que Sandra fez o maior número de referências a mim. Confirmado seu diagnóstico inicial, prosseguiu com o tratamento e passaram à terapia hormonal. Pouco a pouco, cumpriram todas as fases do processo até, finalmente, realizarem a cirurgia de adequação.

"O processo não foi fácil, porque isso não é coisa fácil", disse. "Mas com Sandra as coisas foram mais fáceis do que com a maioria dos pacientes. Ela entendia muito claramente o que lhe passava, sua condição."

Coutts continuava: "Ela chegou a mim muito bem ajustada. Falava sobre o senhor com reconhecimento, com admiração. Afirmava que nada teria sido possível sem a sua ajuda".

Emocionalmente, ouvir falar do bem que eu fizera a Sandra me remetia aos sentimentos que tive quando encontrei Tereza no supermercado e soube que Sergio havia se mudado de São Paulo. Quase como quem evita um assunto, perguntei a Coutts como era a vida de Sandra em Nova York.

Disse que ela era muito confiante e que levava os estudos de gastronomia muito a sério. Tinha feito um curso de técnicas básicas de cozinha e outros mais específicos, de curta duração. No total, havia frequentado a escola por mais de quatro anos.

"Tinha notas altas e excelentes avaliações. Com a ajuda de seus professores, que eram unânimes em reconhecer nela um singular talento para a culinária, fez estágios nos restaurantes que escolheu. Quando começou a estagiar, já se vestia e se apresentava como mulher, embora estivesse ainda em processo de adequação e não houvesse trocado de nome formalmente. Minha opinião é que Sandra conseguiu escapar muito bem do machismo e do preconceito nas cozinhas em que trabalhou. O preconceito que a sua transexualidade poderia enfrentar era neutralizado pelo apoio entusiasmado de seus professores junto aos chefs de restaurante. Sandra chegava cedo, saía tarde e trabalhava duro. Não teve problemas. No final, o fato de ela ser transexual significava apenas evidência adicional de sua singularidade. Era apenas uma das tantas coisas raras que ela era. Funcionava quase como uma vantagem relativa."

Enquanto ouvia Cecilia Coutts falar, ecoava na minha cabeça a voz de Sergio descrevendo Areg.

"Sandra teve ofertas de trabalho de todos os restaurantes em que estagiou. Os melhores de Nova York. Surpreendentemente, preferiu abrir seu próprio negócio. Tinha o dinheiro e o apoio da família. 'Por que não arriscar?', é o que deve ter se perguntado. Foi o que tentou fazer. Era o que estava fazendo quando morreu. Sandra era uma pessoa de coragem."

Um pouco antes, ela havia mencionado "o exemplo de Angelus". Imaginei que falasse da determinação de Sandra em abrir seu próprio negócio. Tentando parecer bem informado, comentei: "Eu sei. O restaurante se chamaria Angelus". Ao quê, para minha surpresa, ela respondeu: "É, Angelus, em homenagem ao título do livro que você lhe fez chegar às mãos. Ao que lhe causou a epifania mais importante de sua vida". Ao falar isso, olhou para a estante atrás de si e apontou para a lombada de um livro amarelo numa das prateleiras à altura de seu rosto.

A menção da palavra "epifania" consolidou a confiança que o testemunho de Cecilia Coutts já me inspirava. Mas o medo de parecer ignorante aos seus olhos aumentara. A esta altura da vida, já sabia que nem todas as epifanias são positivas. Algumas, paradoxalmente, indicavam o sentido errado, aquele que não se deve seguir.

Cecilia Coutts não detectou o ricto nos meus lábios. Tampouco percebeu que eu, por um instante, baixei os olhos, afetando respirar fundo. Enquanto ela discorria sobre o tipo de terapia hormonal que havia prescrito, eu tentava localizar na estante acima dos seus olhos o livro que provocara a revelação em Sergio Y. Quase desejava o fim da entrevista com a médica, só para poder me aproximar dos livros no momento de me despedir.

Não enxerguei "Angelus" em nenhuma lombada de livro na estante. De onde estava, à distância, não conseguiria mesmo enxergar. Eu sabia que o livro que eu procurava estava lá, mas meus olhos me traíam. Contra a minha vontade, insistiam em voltar à marca dos mamilos da dra. Coutts através da sua camiseta branca sem mangas.

Pouco depois, o interfone dela tocou. Era um paciente que chegava. Nosso encontro se encerrava ali. Trocamos cartões de visita, números de telefone celular, e ela se colocou à disposição para esclarecer eventuais dúvidas que eu tivesse.

Saí do consultório de Cecilia Coutts sem ter tido coragem de dizer a verdade sobre mim. Não consegui confessar que desconhecia a transexualidade de nosso paciente. Jamais pude fazer as perguntas que pretendia. Minha vaidade me impedira de mostrar minha ignorância. Fiquei intimidado por sua beleza. Como homem, senti-me atraído fisicamente por ela. Como médico, acho que essa atração me desarmou, me enfraqueceu.

Sandra poderia falar sobre mim com grande reconhecimento e consideração, como me revelava sua médica, mas isso, para mim, nunca havia transparecido. Ela nunca falou nada que pudesse me indicar isso. Nem quando me agradeceu no dia em que me disse que iria interromper a terapia. Por quê?

Se é certo que Sergio Y. tinha conhecimento de sua transexualidade desde os doze anos de idade, ele não me mencionou o tema porque não quis. Talvez não estivesse preparado. Fato é que não o fez. Não adianta saber a razão.

Ele nunca me contou nada. Mas, pelo que eu podia deduzir, eu tinha sido importante para que ele pudesse aceitar e assumir sua transexualidade. Por alguma razão, ajudei-o a determinar os rumos de sua vida. Serei eu, por isso, igualmente responsável pela morte que lhe coube?

Essa pergunta continuava sem resposta na minha cabeça. Ainda assim, saí do consultório aliviado.

Havia sido absolvido por uma das instâncias julgadoras de minha responsabilidade. A dra. Cecilia Coutts, que sabia tanto da minha existência quanto da transexualidade, dizia que eu tinha feito "um bom trabalho" com Sandra. Considerando que Sandra e Sergio eram identidades de uma mesma pessoa, o bem que fiz a um podia compensar o mal que fiz ao outro. Não podia deixar de me sentir lisonjeado e de ter a culpa sobre meus ombros relaxada, ainda que apenas momentaneamente.

Naquela noite, comi sushi com a minha filha no restaurante japonês do hotel. De volta ao quarto, tomei um banho e me deitei, mas o sushi não me havia caído bem.

Um pouco depois das duas da madrugada, acordei. Fiquei na cama, pensando, imóvel, para que o sono retornasse. Menciono esse pequeno episódio de insônia porque, se não o tivesse tido, não estaria aqui escrevendo este relato. Foi durante esses muitos minutos em que não dormi que acabei chegando às conclusões que me impuseram a responsabilidade de deixar registrada a história de Sergio Y.

Naquela noite de insônia, confirmei a importância da humildade. Por soberba, não consegui admitir para Cecilia Coutts minha ignorância. Não confessei minha falha profissional. Não mencionei meu desconhecimento. Escolhi permanecer no escuro.

Mas eu sou médico. E a ignorância, para um médico, pode ser a morte. Eu aprendo para salvar vidas. É isso o que eu faço. Se eu parar de aprender, minha utilidade no mundo acaba. Devo aceitar que não sei tudo de medicina. Aprendi tudo o que me foi possível. Mas tenho de seguir aprendendo. Devo encarar a ignorância como vantagem. Aprender o que não sei amplia minhas possibilidades na vida.

Enquanto não dormia na minha cama de hotel, tive essa revelação. Na mesma noite, enfiado nos lençóis presos no colchão, eu, que nunca rezo, rezei pela alma dos meus pais. Sem eles, talvez não prezasse tanto a honestidade quanto hoje prezo. Não haveria razão para que eu contasse esta história.

Às 4h07 da madrugada, mandei um e-mail a Cecilia Coutts nos seguintes termos:

> Dra. Coutts,
> Agradeço ter me recebido em seu consultório ontem de manhã. Foi um prazer conhecê-la. A conversa que tivemos sobre a nossa paciente em comum foi muito esclarecedora. No entanto, tenho de confessar que não fui totalmente honesto a respeito do meu conhecimento do quadro clínico de Sandra.
> Sei que abuso de seu tempo e de sua paciência, mas gostaria de encontrá-la uma vez mais. Se puder me receber hoje, sexta-feira, por cinco minutos, ficaria muito agradecido. Tenho de sair para o aeroporto às duas horas. Antes disso, qualquer horário que lhe for conveniente é bom para mim.
> A.

Às 7h30, meu despertador tocou. Levantei-me e fui diretamente ao computador verificar se a minha mensagem para Cecilia Coutts havia sido respondida. Às 6h56, Cecilia me havia escrito a seguinte mensagem:

> Dr. Armando,
> Tenho um dia cheio, mas poderia encontrá-lo em meu consultório antes das onze. Ao meio-dia tenho um seminário no Beth Israel Med Center. Avise-me por e-mail se for possível.
> Cecilia*

Senti alívio e alegria com sua resposta. Imediatamente es-

---

* "Dr. Armando, I have a busy day today, but could meet you at my office before 11a.m. At noon I have a conference at Beth Israel Med Center. Let me know by email if that works for you. Cecilia"

crevi confirmando minha intenção de visitá-la "um pouco depois das dez". Fechei a mala às pressas, comi uma barra de cereais do frigobar, tomei um banho e me barbeei. Tudo isso com a televisão ligada.

Deixei a bagagem na recepção e, para me despedir de Mariana, fui encontrá-la em um café próximo ao seu futuro escritório, na rua 47. O motorista de táxi que me levou até lá passou todo o trajeto, do hotel ao café, em um telefonema, que só interrompeu uma vez, por segundos, para saber o meu destino.

Estava determinado a não contaminar meu encontro com Mariana com a ansiedade que sentia em relação a minha segunda visita a Cecilia Coutts. E assim foi.

Mariana me falou sobre o trabalho que faria no banco. Teria de viajar ao Brasil regularmente. Com um sorriso debochado, estendeu os dedos da mão para me mostrar que usava o anel que lhe dera no dia da formatura. Disse que a empresa lhe pagara uma ajuda de custo para a instalação em Nova York e que não precisaria mais que eu lhe mandasse dinheiro do Brasil.

Despedimo-nos com um beijo e um abraço forte. Entrei no táxi em direção ao consultório de Cecilia Coutts com um gosto de orgulho e de café na boca. No carro que me levaria à próxima estação do meu destino desconhecido, fui me deixando invadir por sentimentos bons, como otimismo e determinação de fazer as coisas certas.

Como no poema em que Fernando Pessoa saúda Walt Whitman, enxergava Sergio Y. na paisagem durante todo o caminho até o consultório da dra. Coutts. "Ei, Sergio, sou eu, Armando. Sabe a excitação que você sentiu andando por esta cidade, indo ao encontro de sua médica, querendo mudar a sua vida? Eu sinto a mesma coisa. Sabe o vento que você sentiu na cara naqueles dias de calor? Eu o sinto agora. Eu sei como você é. Estamos de mãos dadas." E, de novo, senti seu dedo na campainha, sua mão na maçaneta e seu corpo na cadeira em que Cecilia me pediu para sentar, quando cheguei a seu consultório cinco minutos antes das dez da manhã.

Iniciei a segunda conversa com Cecilia Coutts inspirado pela coragem que Sergio precisou ter em seu percurso em direção a Sandra. Coutts usava uma camiseta idêntica à do dia anterior, só que de outra cor. Seus mamilos continuavam no mesmo lugar, marcando a malha vermelha.

Da mesma maneira que não deixei que a ansiedade contaminasse meu encontro com Mariana, impedi que o desejo participasse de minha conversa com Cecilia.

"Não sei se é uma questão de ética ou de humanidade, ou, talvez, de mero profissionalismo. Em São Paulo, quando decidi lhe escrever, quando a procurei pela primeira vez, o que me movia era a curiosidade sobre o caso de meu paciente Sergio. Meu interesse se encontrava na fronteira do egoísmo com o altruísmo. Queria saber mais para ser um médico melhor e, então, ajudar melhor mais pessoas. Era essa a minha intenção.

"Você sabe que eu gozo de um bom conceito profissional. Sempre me orgulhei disso. A terapia de Sergio foi inconclusiva para mim. Não a incluiria entre os meus êxitos como psiquiatra. Muito pelo contrário. Só consegui fazer as pazes com os resultados de meu trabalho com Sergio quando soube por sua mãe que ele estava bem em Nova York, com uma carreira promissora pela frente.

"A morte dele me pegou totalmente de surpresa. Mas surpresa ainda maior que a de sua morte foi a de que ele fosse transexual, de que existia uma Sandra entre nós. Nunca diagnostiquei nada. Nunca percebi nada. Cometi um erro médico. Tecnicamente, tinha responsabilidade de saber.

"Você diz que eu o ajudei muito, que eu estabilizei os aspectos psicológicos necessários para a adequação sexual. Porém, eu não tinha ideia de que fazia isso. Se eu guiei Sergio em direção a Sandra, foi às cegas. Poderia tê-lo levado a qualquer lugar, a um precipício. Não sabia o que fazia. Você diz que eu indiquei a Sergio o livro que o levou a Sandra, e eu não tenho ideia de que livro é esse.

"Achava que sabia e não sabia nada. Conhecer o destino trágico de Sergio me fez ter medo de tudo o que eu ainda não sabia. Me fez ter medo de estar levando os meus outros pacientes a lugares que eu não entendia, de estar, sem saber, encaminhando-os ao fracasso ou a uma morte triste. Não foi para isso que eu me tornei médico. Não quero, irresponsavelmente, conduzir os meus pacientes à morte, como talvez tenha feito no caso de Sergio."

Cecilia, olhando nos meus olhos, disse: "Eu não vou julgar o seu conflito. Eu só posso falar de Sandra. Eu conheço apenas o que você fez com Sandra. Posso atestar o efeito declarado de seu trabalho sobre ela. Você mostrou a ela que a felicidade era possível. Que a vida dela era possível.

"Foi por suas mãos que ela tomou conhecimento de que poderia ser mais feliz do que era em São Paulo. O seu papel não foi encaminhá-la para a morte. Ao contrário, Armando, você a encaminhou para a vida.

"Sandra não teria vivido — não teria nascido — se não fosse por seu concurso, por sua indicação. O primeiro amigo que Sandra teve chama-se Armando. Você permitiu que ela se manifestasse. Sandra teve pais compreensivos, mas precisava de um amigo que lhe mostrasse possibilidades. Teve a sorte de encontrá-lo em você.

"Sandra era feliz. Só morreu porque tudo o que está vivo morre mesmo um dia. A gente não escolhe a data da morte. Ela vem quando quer. Tem gente para quem a morte parece chegar prematuramente. Foi esse o caso de Sandra. Você não tem nada a ver com a morte de Sandra. Muito pelo contrário. O senhor deu vida a ela. Ela morreu por acidente.

"Da minha janela do andar de cima, posso ver o pátio onde seu corpo foi encontrado. Mas nem assim, nem quando olho para sua casa e entendo que jamais voltarei a vê-la, penso nela com tristeza. Sandra morreu cedo porque seu destino se cruzou com o de uma louca, que resolveu matá-la, assim, do nada."

Dirigindo-se para a estante, continuou: "O senhor mencionou que nunca leu 'Angelus'. Pois bem, fique com a minha cópia. Foi a própria Sandra que a comprou para mim em uma de suas idas a Ellis Island. Mas acho que este livro lhe pertence. O senhor pode comprar outro exemplar pela internet e mandar entregar aqui no consultório, por favor, para não desfalcar minha biblioteca? É uma história bonita. Foi o que inspirou Sergio a seguir os mesmos passos do seu bisavô. Como Areg, que cruzou um oceano para encontrar felicidade no Brasil, Sergio cruzou um oceano para encontrar felicidade em Sandra.

"Nós não temos muito tempo, mas vou pedir à minha assistente que faça uma cópia do prontuário de Sandra. Não sei se isso é certo. Com isso, talvez crie um problema ético para mim, mas acho que ajudarei a resolver uma questão de humanidade para você."

Ligou para a assistente pelo interfone e, logo em seguida, levantou-se e retirou da estante um livro, que me entregou com as duas mãos. Na capa, o retrato em sépia de um homem de terno e gravata, cabelos pretos partidos ao meio, fixados por gel, e com sobrancelhas muito cerradas, parecidas com as de Monteiro Lobato. Na altura do peito, o título do livro que mudara a vida de Sergio Y.: *Angelus in America: The Story of Our Father*.

Em poucos minutos, a assistente, que eu nunca cheguei a ver, chamou-a pelo interfone. Cecilia ausentou-se da sala por instantes e retornou com um envelope pardo nas mãos. Já eram quase onze e meia e eu sabia que o nosso encontro acabava ali. Entregou o envelope e me disse: "Não é apenas mal que a gente faz sem perceber, às vezes a gente faz coisas boas também".

Ao sair de seu consultório, quis agradecer a generosidade que tivera comigo. Pensei na palavra "compaixão", mas não a pronunciei. Murmurei-lhe um agradecimento tímido, mas tenho certeza de que não consegui traduzir a dimensão da gratidão que eu sentia.

Saí da *townhouse* em Barrow Street sem olhar para trás. Entrei no táxi em direção ao hotel. No banco traseiro, tentei ler o prontuário de Sandra, mas comecei a ficar enjoado e tive de parar. No hotel, só tive tempo de pegar minha bagagem. Demorei mais que de costume para conseguir um táxi e fiquei apreensivo com a possibilidade de me atrasar e perder o avião. No final, tudo deu certo, e eu cheguei ao aeroporto até um pouco adiantado.

Na sala de embarque, recomecei a ler o prontuário de Sandra, mas logo me dei conta de que os documentos e anotações que ele continha não se prestavam muito à satisfação de minha curiosidade específica. Eu não tinha interesse pelas contagens hormonais de Sandra; tampouco teceria considerações sobre a melhor técnica cirúrgica para a penectomia que sofrera. Aquele tipo de informação não interessava a um psiquiatra como eu.

Restava-me a história de Angelus, que comecei a ler assim que entrei no avião.

A primeira coisa que notei ao abrir o livro de capa dura foi o preço de 29,95 dólares impresso na contracapa. O livro que lhe mudara a vida fora encontrado no museu de Ellis Island, cuja existência eu lhe havia revelado.

Talvez nesse fato resida minha propalada importância para Sergio. Antes que eu o mencionasse, ele não sabia da existência do museu. Fui eu quem lhe sugeriu a visita. Ensinei, inclusive, como chegar lá: "Pegue o metrô número 4, da linha verde, e siga até a última estação antes de cruzar para o Brooklyn. O nome da estação é Bowling Green; quando você sair da estação, estará numa praça, na pontinha da ilha de Manhattan; vá em direção ao mar e procure o quiosque de venda de ingressos para os passeios de balsa. Tome a balsa que vai para a Estátua da Liberdade, em Liberty Island. Desça na escala que a balsa faz em Ellis Island, onde está o Museu da Imigração. Vale muito a pena. Especialmente para você, que gosta de histórias como a do seu bisavô. O trajeto da balsa é circular, e você pode embarcar e desembarcar quando quiser".

Agora, começava finalmente a entender o meu papel objetivo na chamada revelação de Sergio Y.

Naquela noite, no avião escuro, li a biografia de Angelus Zebrowskas até não aguentar mais de sono. De volta a São Paulo, depois de tomar um banho e resolver providências imediatas, comi um sanduíche de atum que eu mesmo preparei para o almoço e retomei a leitura no meio da tarde, até acabá-la por volta das sete da noite.

Neste ponto, depois de ter conhecido a história de Angelus, repetirei as ações de Sergio, que interrompeu sua história para iniciar a de Sandra. Sergio Y. cessou de existir. Suicidou-se sem que seu coração parasse de bater.

O exemplo que eu dei sem notar

And you that shall cross from shore to shore years hence are
more to me,
and more in my meditations, than you might suppose.

Walt Whitman, *Crossing Brooklin Ferry*

Reli atentamente minhas anotações sobre Sergio.

Depois da releitura, ficou claro para mim que, em sua terapia, as menções à cidade de Nova York se associavam a um sentimento de possibilidade existencial que eu, como terapeuta, gostaria que ele viesse a explorar. Agora entendo que, em última análise, foi o que lhe aconteceu.

A história de Angelus Zebrowskas começa na Lituânia, então sob domínio russo, em um povoado chamado Gekodiche, que hoje não existe mais. A biografia de Zebrowskas havia sido escrita a quatro mãos, pelos seus enteados, e foi baseada em diários pessoais deixados por ele para que sua história real pudesse, de alguma forma, vir à tona depois de sua morte.

"Quero mostrar o caminho para outras pessoas tristes que vierem depois de mim." Assim, com essas palavras, Angelus Zebrowskas justificava seu diário. O livro baseado em seus escritos foi lançado em 1995, no que seria o centenário de seu nascimento.

Em muitos aspectos, as vidas de Angelus e Sandra se identificavam. Abandonaram ambos o lugar em que nasceram para buscar felicidade em outra parte, sob nova forma, com maiores possibilidades. Cumpriram trajetos contrários em processos análogos, articulados pelo eixo central do otimismo.

Os motivos de Sandra tornavam-se muito mais claros e justificáveis quando se conhecia a história do homem que ela quis homenagear no nome de seu restaurante. Angelus era Sandra, e Sandra, de alguma forma, era também seu bisavô Areg. Faziam todos parte de uma mesma família de obstinados solitários que, diante da adversidade, preferiram acreditar no melhor.

Muitos conseguiriam aperfeiçoar a primeira versão da vida que receberam. Mas, para isso, precisaram ter coragem de pular de um trampolim de cinquenta metros de altura com os olhos vendados, sem saber se o que os esperava no solo era água ou asfalto.

Portanto, em benefício da compreensão de meu relato, faço um pequeno desvio e apresento um resumo do livro que inspirou a busca que Sergio decidiu empreender. Contarei o que, na vida de Angelus, for relevante para o entendimento das vidas e das mortes de Sergio e de Sandra, da maneira como eu as entendo hoje.

Espero não ser maçante.

Os primeiros a partir foram Antonas Kinklas e Jurgis Vytautas, que emigraram para os Estados Unidos, em 1904, fizeram fortuna e serviram como inspiração e exemplo para toda uma geração de conterrâneos descontentes.

A ideia de que existia uma vida melhor do outro lado do

oceano se alastrou, e muitos jovens de Gekodiche e de cidades vizinhas cumpriram a mesma viagem até Bremen, Danzig ou Libau para embarcarem em navios que os levariam para outro mundo.

Ao contrário dos judeus, que queriam se estabelecer na América definitivamente, os cristãos da região pensavam em fazer a América e voltar para a Lituânia ricos, com dinheiro para reformar a vida, ampliar a casa, comprar um armazém ou até se estabelecer em Vilnius, onde a vida era melhor.

Cinco anos depois que se foram os primeiros homens, as primeiras mulheres começaram a partir também. A primeira moça solteira a partir sozinha para a América foi Anna Limiticius.

Anna partira para os Estados Unidos para se casar com um primo de segundo grau. Sua ida causou alvoroço e criou nova esperança às tantas moças de Gekodiche que, em decorrência do êxodo dos homens solteiros, já se haviam conformado com a possibilidade de jamais virem a se casar.

Anna Limiticius foi considerada felizarda. Seu noivo mandara-lhe, junto com uma passagem de Danzig a Nova York, um pequeno dote para o enxoval. De Nova York, seguiria de trem para sua nova vida, na cidade de Bridgeport, no estado de Connecticut, que ela mal podia identificar no mapa da biblioteca da escola na igreja.

Depois de Anna, seguiram-se Irena e Paula. Depois outras, e logo chegou a vez de Adriana Simkevicius, filha mais nova do velho Simkevicius, o alfaiate.

Adriana não era bonita. Tinha sobrancelhas grossas, olhos castanhos e cabelos negros abundantes, que ela trazia invariavelmente presos em trança. Tinha contextura pálida e, quando se preocupava ou adoecia, ainda que levemente, apareciam-lhe olheiras.

Era triste. Sua tristeza transparecia. Mas jamais se queixava da vida ou culpava quem quer que fosse por suas mazelas. Doía-lhe a tristeza. No entanto, com os anos, aprendera a ignorar a dor. A dor era, para ela, o estado natural das coisas. Era como se convivesse com uma doença crônica.

Por anos, chorou todas as noites, sem saber por quê. Quando completou quinze anos, já tinha aprendido a controlar o choro. Parara de chorar, mas, em compensação, agora vinham-lhe umas vontades fortes de morrer.

Imaginava uma morte fria e azulada. Pensava em encher os bolsos de seu avental com pedras e entrar no rio no início da primavera, quando a água começasse a degelar. Desejava morrer afogada, sob placas de gelo flutuantes.

Era mais alta que as outras meninas. Aos dezesseis anos, tinha a mesma altura que seu pai. Um dos avôs era sérvio, diziam que era por isso. Não gostou quando lhe nasceram seios. Instintivamente, passou a enrolar um xale de lã em volta do peito, até o dia em que menstruou e decidiu parar de fazê-lo.

Naquela vida, em Gekodiche, ainda que se casasse, que tivesse filhos, que conseguisse levar uma rotina como todo mundo, seria infeliz para sempre. Sabia disso, porém se resignava.

Mas tinha um plano de vida. Viveria para os pais. Depois que os pais morressem, poderia ajudar sua irmã mais velha. Quando a irmã morresse, ela, que era muito religiosa, iria a um convento trabalhar pelos pobres. Cozinharia, costuraria, lavaria banheiros, faria o que fosse necessário. Viveria para os outros. Doaria sua vida aos outros como quem decidiu não ter vida própria, mesmo que, vivendo assim, não conseguisse jamais deixar de imaginar a noite de começo de primavera em que se afogaria.

Franciskus Zebrowskas, seu pretendente, tinha sido aprendiz na alfaiataria de Simkevicius. Em 1911, ele, que imigrara dois anos antes, estabelecera uma pequena alfaiataria na cidade de Chicago. O negócio prosperava e ele se sentia só e sobrecarregado. Queria uma esposa.

* * *

Das moças de Gekodiche, Franciskus tinha pensado em Adriana porque ela era boa costureira e poderia ajudá-lo nos negócios. Além disso, era filha de um homem que ele admirava. Não era a mulher mais bonita do mundo, mas isso, para Franciskus, era uma qualidade. Ela era séria, calada e trabalhadora. Era jovem, poderia dar-lhe filhos saudáveis. Seria uma boa esposa para um homem como ele.

Como era o costume entre os cristãos de Gekodiche, o interesse de Franciskus Zebrowskas por Adriana foi transmitido ao velho Simkevicius pelo padre:

"Simkevicius, você tem de casar a Adriana. A Carlota já passou da idade... O justo é que ela fique cuidando dos pais. O Zebrowskas é um homem bom. Você o conhece. Vai fazer sua filha feliz num país onde há futuro. Onde tem muita oportunidade. Fale com ela. Vai ser melhor para todos. Depois, ela leva vocês. Quem sabe o Franciskus não chama você para se associar à alfaiataria dele na América? Quem sabe a Carlota não acaba se casando por lá também?"

Adriana tinha quase dezessete anos. Trabalhava com o pai na alfaiataria. Diariamente, passava horas concentrada, sentada à frente da máquina de costura, imersa em seus pensamentos tristes. No tempo livre, lia e rezava o terço, que eram as maneiras que tinha de se retirar de sua própria vida. Franciskus Zebrowskas era honesto, além de excelente alfaiate. A diferença de doze anos entre ele e Adriana era parte do pacote do acordo de conveniência que ele propunha. Pelas razões que tivesse, aos vinte e oito anos de idade, Franciskus Zebrowskas, ainda solteiro, queria se casar. Não encontrando esposa que o agradasse em Chicago, pensou em alguém que conhecesse os costumes e a maneira de pensar da terra natal.

Durante o jantar da sexta-feira, o padre Siaudizionis desempenhou seu papel de procurador do noivo de forma sóbria e ponderada.

"É uma nova vida que você vai ter", disse.

Adriana ouviu-o com atenção e reagiu com cautela. Não fez comentário. Não demonstrou empolgação. Tampouco deixou transparecer repulsa ou rejeição. Depois de lhe fazer a proposta, o padre pediu que ela conversasse com os pais e só lhe desse uma resposta quando se sentisse segura de sua decisão.

Naquela noite, antes de dormir, no quarto que dividiam, Carlota perguntou à irmã se ela aceitaria a proposta de casamento de Franciskus Zebrowskas. Não obteve resposta.

O nome lhe soava familiar, mas Adriana não tinha muita memória do tempo em que Franciskus era aprendiz de seu pai. Lembrava-se dele, mas não de seu rosto. No entanto, como era devota, acreditava nas palavras que ouviu do padre durante o jantar: "Adriana, minha filha, sei que você e seu marido — se for o Franciskus quem o Altíssimo reservou a você — serão muito felizes. A felicidade espera por você na América".

As palavras do padre Siaudizionis sobre a possibilidade de ela ser feliz na América calaram fundo em Adriana. Naquela mesma noite, na cama, antes de dormir, já sabia o que queria fazer, ainda que não tivesse, formalmente, tomado uma decisão.

A análise era clínica e racional. Sua premissa básica era de que ela, ali, já estava fadada à infelicidade. Tinha a convicção íntima de que, na vida que levava em Gekodiche, fazendo o que fazia, sendo quem ela era, a infelicidade era uma condição incontornável. Tanto que já havia se resignado a passar o resto de seus dias servindo aos outros: primeiro a sua família, depois que eles morressem, a Deus.

Nunca desejara um marido. Nunca cogitara viver na América. Jamais concebera para si outra vida que não a que tinha, impregnada de infelicidade, que ela diluía ajudando o seu pai, participando na organização das festas da igreja, lendo os livros que lhe caíssem às mãos, esperando o tempo passar.

Subitamente, a oportunidade de trocar uma vida estragada por outra cheia de possibilidades lhe surgia como fato concreto. O casamento com Zebrowskas representava uma espécie de indulto inesperado, a promessa de outra vida mais feliz do que aquela à qual ela achava que havia sido condenada.

Se nada desse certo na América e ela continuasse infeliz como já era, não haveria prejuízo. Adriana não tinha nada a perder. A proposta de Franciskus lhe dava algo que ela no fundo desejava, mas que, por impraticabilidade, tinha desistido de conseguir.

No domingo, depois da missa, esperou para comunicar ao padre sua decisão de casar-se com Franciskus Zebrowskas. Na volta, falou com Carlota, que transmitiu a notícia aos pais.

Franciskus Zebrowskas mandou para Adriana Simkevicius uma passagem de segunda classe num navio chamado SS *Kursk*, que partiria do porto de Libau em 19 de junho de 1912 com destino a Nova York. Pinkas Simkevicius fechou a alfaiataria por três dias para, com sua mulher e a filha mais velha, viajarem a Vilnius para se despedirem de Adriana, que, de lá, seguiria sozinha, levando duas malas de roupa e um baú com o enxoval de casamento para a sua nova vida.

Em Libau, na véspera da viagem, dormiu em uma hospedaria para moças mantida por freiras católicas. Nessa noite, na hora do jantar, conheceu uma costureira de Vilnius, Helena Viriaudis, que trabalharia com o tio numa confecção de roupas em Nova York.

Nas circunstâncias em que se encontravam, Adriana Simkevicius e Helena Viriaudis precisavam tornar-se amigas. Na manhã seguinte, embarcaram ambas no SS *Kursk*. Durante os dezoito dias que passaram no mar, dividiram o mesmo beliche e pensavam, juntas, mas cada uma à sua maneira, no que seria a nova vida na América.

Helena era otimista e falava muito do dinheiro que poderia fazer trabalhando com o tio. Trabalharia duro, mas receberia muito mais do que seria capaz de conseguir na Lituânia. Adriana, que nunca conseguira ser otimista, tinha medo de ter trocado uma infelicidade conhecida por outra desconhecida, mas, àquela altura, no navio, já não havia muito que fazer a respeito.

Não tinha vontade de se casar. Casaria porque era o que tinha de fazer. Recebera as explicações de sua mãe e cumpriria seus deveres de esposa com o marido. Poderia até engravidar, mas não era o que desejava. Aceitaria Franciskus e o casamento como uma contingência da aposta ambiciosa que fazia.

No dia de seu desembarque, Franciskus Zebrowskas a esperava no porto de Nova York com um ramo de flores brancas nas mãos. Era verão. Ele usava um terno de linho bege; ela, um vestido de lã fina azul-claro, quente demais para aquela época do ano, que ela própria costurara para a ocasião.

Até ser liberada pela imigração, passou cerca de quatro horas no controle de Ellis Island. Foi com a assinatura de Franciskus que a admitiram nos Estados Unidos. Lá mesmo, um juiz de paz os casou. Helena Viriaudis serviu como testemunha. Adriana Simkevicius mudava de nome pela primeira vez.

Era esse o início de muitas mudanças que a América lhe proporcionaria.

Adriana Zebrowskas pisou em terra firme com as pernas trêmulas de tantos dias no mar. Quando chegaram a Manhattan, tomaram uma charrete que os levou à estação de trem, de onde seguiram para Chicago.

Frank — como agora se chamava Franciskus — era alto e

loiro. Na charrete, fez questão de ajudar Adriana a apear e, durante toda a viagem, preocupou-se com o seu conforto. Frank tinha cuidados com Adriana, e isso a cativou. Ele era amável, mas nunca chegava a ser totalmente informal.

Sua pequena alfaiataria ocupava o andar térreo de um edifício em Milwaukee Avenue. Morariam na sobreloja, em um apartamento de dois cômodos: sala e quarto, além de uma cozinha pequena e um lavatório. No andar térreo, a oficina da alfaiataria tinha a mesma disposição de cômodos do andar superior.

Em Chicago, Adriana não conhecia quase ninguém. Conversava com a verdureira russa e achava estranho que o açougueiro alemão a chamasse de "lady", coisa que ela não via com bons olhos. Não era antipática, mas evitava contatos desnecessários. À noite, com Frank, estudava inglês na escola do Exército da Salvação e mantinha correspondência com Helena Viriaudis, a quem escrevia uma vez a cada três semanas, aproximadamente.

Passava os dias sozinha, trabalhando na máquina de costura, mas não se incomodava com isso. Ajudava o marido nos negócios. Cuidava da casa e, aos domingos, ia à missa.

Na alfaiataria, era Frank quem cortava os moldes das peças maiores e se ocupava de todo o trabalho externo. A loja ainda não contava com lugar adequado para receber os clientes. Frank visitava-os, tirava-lhes as medidas, fazia as entregas e as compras e o que mais fosse preciso.

Adriana, por sua vez, era responsável pela confecção, modelagem e acabamento. Tinha aprendido com seu pai a ter orgulho do que fazia. Gostava de pensar que cada peça de sua alfaiataria estaria pronta para ser examinada por qualquer um, por mais exigente que fosse.

Em Chicago, os tecidos eram mais bonitos e em maior variedade que na Lituânia, e ela tinha muito mais que fazer. Continuava a sentir tristeza, embora o excesso de trabalho anestesiasse um pouco esse sentimento. Reputava o seu estado triste à falta que sentia dos pais e da irmã e a sua própria natureza deprimida. Estava conformada. Agora se dedicaria ao marido. Se os negócios prosperassem, quem sabe tivessem a possibilidade de trazer sua família de Gekodiche para os Estados Unidos?

Com Frank, tinha uma vida equilibrada. Dividiam o quarto como dividiram a oficina de Simkevicius: imperceptivelmente. Dormiam em camas separadas e só estiveram juntos como marido e mulher em duas ocasiões. Pensava que, talvez, por isso, nunca engravidasse.

No entanto, foi em Chicago, estéril e longe dos pais, que Adriana percebeu que, na nova vida que levava, poderia de fato ser feliz. Foi lá, diante das duas folhas de espelho que forravam a parede da oficina onde passava os dias, que ela viu, pela primeira vez, a imagem da felicidade.

Ali, longe da família, cercada por uma língua que pouco entendia, sua vida ainda parecia exílio. Naquele momento, a felicidade para ela não era nada superlativo. Era algo tão simples como a ausência da dor.

Às vezes, vestia as roupas que cosia para sentir o caimento no próprio corpo. Olhava-se no espelho, sentindo orgulho do acabamento perfeito que havia produzido.

No entanto, no dia em que vestiu o paletó de veludo negro de Mr. Hafner para verificar o pesponto dos ombros, deu-se conta de algo muito mais importante que o caimento das roupas.

Na parede da alfaiataria, Adriana viu seu reflexo, de cabelo preso e paletó negro masculino. Pela primeira vez na vida, sentiu estancar a dor de tristeza que a acompanhava desde o nascimento.

Tão por acaso como Benjamin Franklin descobriu a eletricidade, Adriana descobrira que se vestir de homem a fazia feliz. Tinha apenas dezenove anos e toda uma vida pela frente. Pela primeira vez na vida, essa consciência de juventude a alegrava.

O padre Siaudizionis, afinal, estava correto. Na América, encontrara felicidade. Sua descoberta, porém, era individual e privada. Não poderia partilhá-la. Vestia-se de homem quando o marido não estava em casa. Para aquele primeiro ano de América, essa recompensa bastava.

Adriana tornou-se uma pessoa alegre. De manhã, depois que o marido saía para entregar as encomendas aos clientes, ela lavava a louça do café e sentava-se à máquina de costura para mais um dia de trabalho. Olhava-se no espelho e decidia no momento a roupa que, naquele dia, seria seu anestésico. Às vezes, vestia os sapatos de Frank e passava o resto do dia olhando para a imagem de seus pés refletida no espelho. Outras vezes, usava uma camisa com gravata. No inverno, vestia um chapéu.

A notícia lhe foi dada por dois policiais que chegaram à alfaiataria às quatro horas da tarde de uma quarta-feira. Aos vinte anos, Adriana Zebrowskas ficara viúva. Frank morrera atropelado por um bonde perto do lago Michigan. Seu corpo sofrera mutilações, e o enterro foi feito às pressas, na quinta-feira.

Pouca gente compareceu: dois clientes, dois fornecedores, o guarda-livros, Mr. Zydrunas, além de três lituanos que a cumprimentaram e que ela não identificou. Na saída do enterro, Mr. Zydrunas a acompanhou até a parada de bonde. No caminho, perguntou-lhe se tinha a intenção de manter os negócios da alfaiataria. Adriana não soube responder. Pensava que teria de fazer algo da vida. Talvez voltar a Gekodiche. Não havia muita opção.

De volta ao apartamento, Adriana deitou-se em sua cama e dormiu até a manhã seguinte. Abriu os olhos e viu um feixe de luz que entrava pela janela bater contra a parede.

No silêncio da manhã, a luz pela janela não iluminava nada no mal que ela sentia. Adriana voltara a sentir dor. Ficou na cama até as nove e meia, chorando, como fazia em Gekodiche antes de dormir. Pensou nos pais. Pensou em voltar à Lituânia.

Não conhecia quase ninguém em Chicago. Não criara vínculos naquela terra ainda. Pensou em muitas outras coisas mais, mas se obrigou a sair da cama e retomar a rotina. Tinha várias encomendas para acabar.

No meio daquela dor extrema, trabalhava vestida com as roupas de Frank: sapatos, chapéu, paletó e gravata. Costurava sem pensar. Fazia as entregas sozinha. A verdureira russa e o açougueiro alemão que a chamava de "lady" sabiam de sua viuvez. Os clientes também, e recebiam as encomendas com caras compungidas, sem sequer verificar se as peças precisariam de ajustes.

Já havia escrito três cartas a Helena Viriaudis — a última contando sobre a morte de Frank — sem obter resposta. Contudo, pouco mais de uma semana depois da morte do marido, numa sexta-feira de calor, encontrou um envelope na caixa de correio. A carta vinha de Nova York, mas não trazia a caligrafia de Helena. No lugar do remetente, o nome de seu tio, Adam Viriaudis, que lhe escrevia as seguintes palavras.

Prezada sra. Zebrowskas,

Tenho recebido suas cartas endereçadas a minha sobrinha Helena Viriaudis. Gostaria que fosse ela mesma, em pessoa, a respondê-las, mas quis o Todo-Poderoso que nossa querida Helena nos deixasse prematuramente, vitimada pelo tifo. Até o final de sua vida, minha sobrinha só teve palavras de admiração pela senhora e pela qualidade de seu trabalho como costureira. Aproveito esta triste oportunidade para adiantar que bons profissionais (costureiras e alfaiates) de sua recomendação são sempre bem-vindos em minhas oficinas. Com o auxílio da Providência, meus negócios têm prosperado, e guardo sempre lugar para gente com talento e disposição para o trabalho.

Sinceramente,

Adam Viriaudis

O fim de semana que se seguiu àquela tarde abafada de sexta-feira foi transformador. A notícia do falecimento de Helena desencadeou em Adriana um processo de descontrole emocional que a morte isolada de Frank não havia sido capaz de provocar. Perdera o marido e a única amiga. Os dois vínculos afetivos que ela havia conseguido estabelecer naquele país iam-se de uma vez. Experimentava mais emoções do que era capaz de discernir ou processar. Sentir-se sozinha em um país estrangeiro tornava-a mortalmente vulnerável. Tinha de fazer algo com a sua vida.

No sábado seguinte, pela manhã, reuniu forças para ir ao escritório do guarda-livros para discutir quanto poderia conseguir com a venda da alfaiataria. Assinou todas as procurações que ele lhe apresentou e recebeu um adiantamento de trezentos dólares pelo estoque e pelas máquinas.

Não quis tomar o bonde e voltou para casa andando. Olhava as pessoas no caminho e perguntava-se quais as penas que afligiriam cada um daqueles homens e mulheres. Que paixões, que medos os fariam se mover pelas ruas daquele país estranho? Era por amor a quem que aquelas pessoas trabalhavam?

Chegou à alfaiataria envolta nessas perguntas. Subiu as escadas correndo, como se estivesse apertada para ir ao banheiro. Abriu a porta, entrou em seu apartamento e começou a chorar. Chorou por horas. Perdeu o controle sobre o próprio choro. Dormia chorando. Acordava chorando.

Tentava resolver o problema com a panaceia que conhecia. Passou o dia e a noite metida nos pijamas masculinos de Frank. A noite de domingo, no entanto, foi de particular dificuldade. Como se quisesse curar-se com uma dose maciça de analgésicos, Adriana vestiu-se de homem dos pés à cabeça. Até uma das cuecas de Frank ela usou. Nada resolvia.

Descontrolada, em frente ao espelho em que havia visto felicidade, cortou os cabelos com uma das tesouras da oficina. Concentrada, passou carvão nas sobrancelhas grossas e penteou os cabelos partidos de lado com a ajuda da brilhantina de Frank, que continuava na prateleira do banheiro.

Adriana Zebrowskas encerrou seu luto vestida de homem. Foi assim que saiu às ruas. Com trajes masculinos, caminhando no vento do final do verão, com um fio de frio batendo em seu rosto. Pensou em andar até o lago Michigan, mas caminhou a esmo por toda a noite, e, quando as prostitutas do bairro a abordaram, tomando-a por um homem, oferecendo-se, Adriana gostou da sensação. Estranhamente, voltava a se sentir feliz.

Ao longo da noite, Adriana transformara-se. Agora precisava de outra vida para aquela outra pessoa que só lhe havia sido revelada naquele momento, mas que já existia, reclamando durante toda a sua vida, impedindo-a de ser feliz.

O funcionário sonolento que atendeu Adriana Zebrowskas no escritório de identificação da cidade de Chicago estava habituado a deparar com pessoas de tipos físicos diferentes. Muitos entre os recém-chegados que procuravam novos documentos vinham com trajes típicos dos países de origem.

Muita gente chegava à cidade. Além dos lituanos, havia os italianos, os judeus, os gregos, os alemães, os chineses, os negros do sul, havia de tudo. Aquele homem alto e magro, de unhas sujas de carvão, perdera os documentos. Seria um de vários daqueles que nem sequer falavam inglês. Precisava de uma segunda via. Chamava-se Angelus Zebrowskas, era do sexo masculino, nascido em Gekodiche, Lituânia, em 19 de março de 1897. Foi tudo o que Adriana teve de fazer: preencher um formulário e tirar uma foto no lambe-lambe da esquina.

Foi quando descobriu que podia ser feliz para sempre — e foi.

Com seus documentos masculinos na mão, uma semana depois, escreveu duas cartas: uma para Adam Viriaudis e a outra para seu pai, Pinkas Simkevicius. Na primeira, apresentava o irmão gêmeo, Angelus, "alfaiate muito hábil, que recebeu o mesmo treinamento de alfaiataria que eu, na casa de nosso pai na Lituânia", que "busca emprego em um estabelecimento respeitável e de futuro na cidade de Nova York".

A segunda carta, no entanto, tinha caligrafia modificada e era assinada por uma verdureira russa, "amiga de sua filha, a viúva A. Zebrowskas", que, lamentava informar, "falecera havia quinze dias, em Chicago, vitimada pelo tifo".

Na semana seguinte, Angelus Zebrowskas desembarcava em Nova York. Trazia uma mala de roupas de Frank que havia reformado para si e a carta da irmã gêmea, Adriana, recomendando a Viriaudis sua habilidade como alfaiate. O tio de Helena reconheceu a caligrafia miúda de Adriana e empregou Angelus como cortador.

Não se sabe como a notícia da morte de Adriana foi recebida pela família Simkevicius em Gekodiche. Angelus jamais voltou a ter notícias. Foi como perdê-los todos num massacre, num genocídio.

Angelus trabalhou duro e progrediu. Casou-se com Carmela, uma siciliana com dois filhos pequenos, que, como Adriana, havia enviuvado logo depois de chegar aos Estados Unidos. Em poucos anos, Carmela e Angelus já tinham uma confecção e três lojas de roupas. Angelus tornou-se um benemérito da comunidade italiana à qual se integrou tão bem que, depois de sua morte, um trecho de Mulberry Street, no coração de Little Italy, foi rebatizado como Angelus' Way.

O segredo de Angelus Zebrowskas só foi descoberto depois de sua morte, quando preparavam o cadáver para o enterro. O assunto, no entanto, foi abafado. Ao padre, Carmela dissera que Angelus havia sofrido um acidente na Lituânia e que o casamento nunca havia se consumado sexualmente. Pediu ao padre que encerrasse o assunto de uma vez por todas.

"Padre, Deus não poderia ter dado a mim marido mais dedicado, nem a meus filhos melhor pai", falou antes de sepultar o assunto.

Minhas conclusões
depois de ler o livro

Pareceu-me clara a vinculação entre a história de Adriana Simkevicius e o impulso que Sergio Y. teve de sair do Brasil, de ir morar em outro país. Para mim, a explicação encontrava-se, ao menos em parte, no título insólito da biografia encontrada por Sergio em Ellis Island: *In America: The story of our father*.

O meu entendimento — mas pode ser que eu esteja enganado — é que, se a história de Adriana coincide com a de Sergio Y., a de Angelus deveria coincidir com a de Sandra.

Esse paralelismo fundamentaria a ida de Sergio para Nova York. Ele teria seguido o exemplo de Adriana. Viajara para encontrar a si mesmo. Levou Sandra para Nova York, para que ela pudesse ser tão feliz como Angelus. Como ele, viraria baluarte reinventado em um novo país.

Sergio e Adriana saltaram do trampolim confiando que na piscina da América havia água.

Metaforicamente, a América era tudo o que eles já eram, mas ainda não tinham conseguido ser. Foi em Nova York que Adriana e Sergio conseguiram renascer. Ou melhor, que Sandra e Angelus nasceram, porque, na verdade, Adriana e Sergio só foram a Nova York para poder morrer em silêncio.

Ando pela cidade e fico um pouco tonto. Avanço pelos quarteirões. Se não vier carro, cruzo as ruas mesmo que o sinal de pedestres esteja fechado. Quero chegar a uma conclusão.

Quanto de felicidade houve na vida de Sandra Yacoubian, que foi morta em Grove Street? Será que, na manhã do dia em que foi assassinada, no momento em que acordou, tinha pensamentos alegres ou tristes? Terá sentido naquele dia alguma alegria de viver?

Nas poucas vezes que fui a um estádio de futebol, não consegui evitar o pensamento de que cada uma daquelas pessoas — sem falar nas moscas, nas baratas, nas formigas, nas bactérias, em tudo o que está vivo ali dentro daquele estádio — vai morrer. Cada um na sua data, cada um de sua maneira, todos desaparecerão.

É óbvio, mas a gente se esquece disso. Deve ser algum mecanismo de defesa que a gente tem, mas não sabe. É como ir a um desses hipermercados num sábado à tarde e, na fila do caixa, esperando, cercado de carrinhos transbordantes, dar-se conta de que toda aquela comida vai virar cocô. Ninguém pensa nisso, mas assim é.

Torno-me mais mórbido do que gostaria, mas é porque preciso me forçar a ter presente — eu, que tenho tendência a me sentir imortal — que todos morremos em algum momento. Alguns prematuramente, como Sandra. Outros, muito depois do prazo de validade.

A morte não tem necessariamente a ver com a vida que o morto levou. As pessoas felizes e as pessoas tristes morrem da mesma maneira. Para atacar, a morte não escolhe estado de espírito nem disposição. É essa a ironia. Um dia você está muito felizinho andando pela praia. Sentindo-se bem, fazendo uma caminhada do Leme até o Leblon. E, de repente, sente-se como se tivesse levado um choque no meio do peito. A dor paralisa o pescoço. Depois, paralisa o coração. Aí, você apaga. Você morreu. Você estava feliz, mas, mesmo assim, você morreu.

Todos os meus pacientes também morrerão. O fato de sua morte ser trágica, ou rápida, ou heroica é mero e completo acaso. A morte de Sergio Y. foi criminosa e prematura, mas foi um desígnio do destino. É triste que se morra assassinado e jovem. Mas por que não?

Ainda que o cadáver guarde boas memórias do dia de sua morte, serão memórias completas, finalizadas. Nenhuma letra a mais, nenhuma letra a menos. Não dá para editar nada. Nada acontecerá a um morto enterrado — a menos que resolvam mover os ossos no jazigo para dar espaço a mais alguém.

Sergio Y. considerava-se infeliz. Talvez fosse a mesma infelicidade que Adriana não conseguia tirar do corpo.

O corpo, a aparência física, é a maior fonte de angústia para um transexual.

Imagine ser mulher, sentir-se mulher e, no entanto, ser visto pelo mundo todo como um homem. Mulher invisível, Sergio Y. era isso. Fadada a nunca ser vista, a sempre parecer o que não é. Imagine você, mulher, com pelos que crescem de maneira descontrolada pela sua cara e peitos, falando com voz grossa de homem, histerectomizada, com algo pendurado entre as pernas para sempre.

Angelus e Sandra estiveram encarcerados durante anos, ocultos do olhar das pessoas, dentro de corpos que não eram seus. Um dia, depois de uma viagem, após cruzar um oceano, puderam finalmente emergir e adquirir vida própria. O sentimento de que Sergio se queixava comigo nas sessões consistia simplesmente em não poder dar vida a si próprio, como Sandra.

Mas o papel que eu tive na consecução dessa felicidade é difícil de avaliar.

Considerando que a minha participação na questão tenha sido indicar-lhe a visita a Ellis Island — como eu acho que foi —, o que eu fiz foi muito pouco. Apenas um comentário acidental, sem maiores intenções terapêuticas. Claro que achei que a visita ao museu desencadearia processos mentais nele, mas isso, somente, porque ele era uma pessoa inteligente, e o museu é de fato educativo. Achei que ele gostaria de Ellis Island porque eu, quando fui, gostei. E, além disso, tinha toda a história do avô dele, que encontrara sua América em Belém.

Sergio poderia ter resolvido ir a Ellis Island sozinho, independentemente de uma indicação minha, ou de qualquer outra pessoa. Encontraria da mesma forma o livro que lhe sugeria uma maneira de ser feliz e lhe dava um exemplo a seguir. Como se pode ver, minha participação nesse episódio é mínima, já dizia meu amigo Eduardo.

Talvez o que eu queira seja abrir mão de qualquer reconhecimento pelo bem-estar de Sandra, por medo de ter de assumir qualquer responsabilidade caso sua felicidade não tenha sido tão plena assim, e ela tenha morrido com a cara numa pedra gelada por nada, só porque eu não consegui diagnosticar a condição de que ela sofria.

Os mecanismos de defesa das pessoas são muito complexos. Os dos psiquiatras são piores ainda. Sinto que estou fazendo a mesma coisa que fiz quando enganei a dra. Coutts a respeito do meu conhecimento sobre a transexualidade de Sergio Y. Deveria ter aprendido aquela lição de humildade. Tenho de entender que aceitar minhas limitações não me faz mais vulnerável. Tenho de buscar a verdade, mesmo que cautelosamente.

Para a dra. Coutts, eu havia tido papel "fundamental" na estabilização clínica de Sandra. A própria Tereza, no supermercado, me disse com todas as letras que eu havia feito bem a seu filho. Ela até me agradeceu a ajuda. Disse: "Muito obrigado por tudo o que o senhor fez pelo meu filho". Parecia feliz. E, se dava essa impressão, era porque o filho estava bem. Não há mãe feliz de filho infeliz.

Nesses termos, Sergio Y. mudava de sexo em um país estrangeiro, mas não sofria. Nesse caso, se sua busca fosse a mesma de Angelus, ele teria cumprido seu objetivo. Mas Sandra Yacoubian conseguiu mesmo ser feliz?

Eu cheguei atrasado para receber a resposta ao vivo. No entanto, Cecilia Coutts me confirmou que Sandra era feliz. O que pensariam os pais que lhe deram a vida? O que pensaria Laurie Clay, que a expulsara do mundo?

O que Sergio Y. teria dito se não tivesse caído da janela e quebrado o pescoço

Eu teria ido ao seu restaurante de calça, camisa social e blazer sem gravata. Iria sozinho, numa das noites em que Mariana tivesse programa com seus colegas da faculdade.

Sandra apareceria vestida de chefe, com um dólmã e uma touca para conter os cabelos compridos. Por cima, um chapéu de chef de cozinha, desses que a gente vê nos programas de televisão.

Depois de cumprimentá-la lhe perguntaria: "Onde está Sergio? Você sabe o que aconteceu com Sergio?".

Sandra daria um sorriso e me diria:

"Sergio e eu trocamos de lugar, dr. Armando. Eu também ia ao seu consultório. Mas o senhor não me via. Quem falava por Sergio era eu. Aquela voz grossa era a minha. Agora, sou eu, Sandra, quem de nossa pessoa é visível. Minha pena de prisão perpétua foi suspensa. Sergio continua a existir, mas ele está dentro de mim, oculto, no passado.

"Fiquei contente quando minha mãe me disse que o tinha encontrado no supermercado. Sempre quis revê-lo. Sempre quis contar-lhe o meu segredo.

"Nunca falei da minha transexualidade com o senhor porque, na verdade, nunca tive ocasião. Falávamos de tantas outras coisas...

"No começo, eu esperava que o senhor me confrontasse a respeito. Mas, como isso nunca aconteceu, e, ainda assim, eu aproveitava e aprendia com as nossas sessões, continuava o tratamento. Não tinha nada a perder. Nem tudo na vida é identidade sexual. Certo?

"Acho que estava me preparando para abordar o problema com o senhor quando passei aquelas férias em Nova York. Quando o motorista de táxi bósnio que me levou a Battery Park para pegar a balsa me explicou por que viera à América, pensei em meu bisavô, o Areg, lembra que eu falava dele?

"'I would have died if I had stayed there. I would have died if I had not moved, as I did.'*

"Foi essa a explicação do bósnio para o abandono da terra natal. Foi isso que me provocou a epifania. E, na ilha, na livraria do museu, entre tantas histórias de tantas pessoas, foi a vida de Angelus que eu puxei da estante. Acho que Deus falou comigo naquele momento. A vida do Angelus me inspirou. Me mostrou o que fazer com a minha vida. Depois de ler a história, eu pensei: 'Pronto: é isso o que eu tenho de fazer', e, aí, tudo mudou.

"Sou-lhe grato por ter sido o meu primeiro guia. Foi o senhor quem me ensinou a ler, por assim dizer. Sem nunca ter abordado diretamente a questão da minha transexualidade, conduziu-me à sua solução. Em silêncio, sem constrangimentos ou lágrimas.

"Quando cheguei à dra. Coutts, já sabia exatamente o que tinha de fazer da minha vida. Isso nunca teria sido possível sem sua ajuda. O senhor me poupou sofrimento e dor.

---

* "Eu teria morrido se eu tivesse ficado lá. Eu teria morrido se eu não tivesse me mudado, como eu fiz."

"Hoje, é um prazer recebê-lo no meu restaurante. Sabia que viria. Por isso, preparei um menu de quatro pratos, especialmente para o senhor. Cada um dos pratos será uma homenagem a uma qualidade sua que eu reconheço. Não voltarei a repetir essas receitas. Eles durarão o tempo de sua degustação e da memória que deixarem. Será uma pequena forma de agradecimento que eu gostaria de lhe fazer.

"O primeiro prato é um tartar de cogumelos, temperado com limão e flor de sal. Usei vários tipos de cogumelos, que piquei fino e combinei numa mistura homogênea. O tempero do molho foi feito apenas com limão e sal. Esse prato, que conta com poucos ingredientes, homenageia a sua integridade.

"O segundo é um prato de raviólis de queijo mascarpone e milho, com espuma de parmesão. Eu mesmo cortei a massa e a recheei manualmente. O mascarpone abraça o milho e a massa abraça o recheio. A espuma deixa tudo mais confortável. Esse prato homenageia o carinho que o senhor tem com os seus pacientes.

"O prato principal é berinjela em cama de ervas recheada com castanhas portuguesas, canela e curry. Esse é um prato que parece simples, mas é de execução elaborada. A base do tempero é feita com dezessete tipos de ervas, que têm de ser cozidas em distintas temperaturas. Esse prato homenageia o seu interesse pela medicina e pela cura.

"O último prato, a sobremesa, é uma pavlova de amoras. É feita com musse de amoras, suspiro picado, framboesas maceradas e sorbet de limão e tomilho. Oferece sabores intensos, mas leves e coordenados. Esse prato homenageia a sua inteligência.

"Para cada prato, escolhi os seguintes vinhos: Bourgogne Aligoté 2009, para os cogumelos, Riesling 'Nonnenberg' 2007, para os raviólis, Arbois Les Bruyères 2008, para a berinjela, e um Champagne Brut Nature 2003, para a sobremesa.

"Perceba que não há uma fibra de carne nesta refeição que lhe ofereço. Quis manter a morte afastada. Nenhum coração teve de parar de bater para que você pudesse comer no meu restaurante. Não há uma gota de sangue na comida que lhe preparei.

"Desejo-lhe bom apetite e boa digestão.

"Meus pais experimentaram todo o cardápio. Pergunte a eles se eu era feliz. Se tiver dúvidas, pergunte a Laurie, também, que ela sabe."

Acordei sobressaltado. Mas resolvi aceitar a sugestão que Sandra me fizera em sonho.

Carta ao pai

Prezado Salomão,

Meu nome é Armando e eu fui terapeuta do seu filho Sergio durante o seu último ano em São Paulo, antes de mudar-se para Nova York. No momento, realizo uma pesquisa relacionada ao caso clínico de Sergio e ficaria muito agradecido se você pudesse me receber em breve entrevista. Estarei à disposição na data e no horário que lhe forem mais convenientes. Meu endereço de e-mail é armandoa@xls.org e meu número de telefone, 9997-9734.

Cordialmente,

Armando

Resposta do pai à carta

"Quando o senhor me pediu uma entrevista, achei estranho. Já faz quase um ano da morte de Sergio. Pensei: 'O que será que ele quer saber de mim?'. Fiquei intrigado. Agora, quando o senhor me pergunta assim, na cara, se Sergio era feliz, eu nem sei como responder. Tem tanta forma de felicidade, não é?

"Eu gerei duas monstruosidades: um anencéfalo e um transexual.

"Quando o médico nos disse que nosso outro filho era anencéfalo, fiquei sem saber o que fazer. Fui ler no dicionário do que se tratava. 'Monstruosidade': era essa a definição genérica que o dicionário me deu.

"Mas o Roberto morreu logo. Sobrou o Sergio. Pensava que, com ele, havia acertado. Sempre achei que ele era um garoto normal. Não tinha muitos amigos e era calado, mas era bom aluno, e os professores gostavam dele. Em casa, ele também era uma criança tranquila. Era um menino bom.

"Tenho de admitir que a mãe dele o conheceu melhor do que eu. O senhor sabe que a vida em São Paulo é muito corrida.

Sobretudo para quem tem negócio próprio. Sempre tive muita responsabilidade, desde jovem. Quando eu chegava em casa, em geral o Sergio já havia jantado e estava de pijama, vendo televisão ou jogando video game, absorto, prestes a ir para a cama. Mas eu sempre achei que tinha um bom relacionamento com o meu filho.

"Acho que ele se sentia sozinho por não ter irmãos, mas, se a gente pensar, estava sempre cercado de pessoas: na escola, nas aulas de inglês, natação, judô, sempre tinha alguém com ele. Chegava em casa praticamente para tomar banho, comer e dormir.

"Ele era um jovem normal. Fazia terapia com o senhor, mas era normal. O senhor o conheceu. Ele nos disse que queria ir a um terapeuta porque estava com dificuldades em decidir o que fazer da vida. O que é que a gente faz? A gente deixa. Enfim, fazer terapia é uma coisa relativamente comum. Mas confesso que acendeu um sinal amarelo dentro de mim.

"Depois das férias de fim de ano, quando ele falou comigo e com a mãe que queria viver em Nova York — e ele disse 'viver', não 'visitar', 'passar um tempo', nada disso; ele disse 'viver' —, tivemos uma grande surpresa. Eu já tinha desconfiança de que algo podia não estar indo bem, mas nenhum de nós entendeu a razão de ele ter decidido viver em Nova York.

"Alguns dias depois, ele nos contou que não era quem pensávamos que ele era.

"Foi duro ouvir do meu único filho que ele era uma mulher, que queria ir para Nova York porque lá poderia viver como mulher, fazer uma operação de troca de sexo, mudar de nome, ser quem ele achava que era.

"Não foi fácil ouvir isso. Fiquei chocado com o que ele nos contava, mas fiquei ainda mais chocado com a maneira plácida e segura com que ele nos comunicava sua decisão.

"A ideia que nos apresentou era que o deixássemos em Nova York por dois anos para fazer o tratamento de adequação sexual com uma médica chamada Coutts. Tudo aquilo me pareceu uma loucura, mas pensei que talvez se tratasse de uma fase. Fomos todos a Nova York, Tereza, Sergio e eu, para conversar com a tal dra. Coutts, que nos explicou sobre a transexualidade de meu filho.

"Demorei para entender a natureza do que Sergio sentia, mas não rejeitei ninguém. Dei todo o apoio que pude. Lamentei por ele e por mim. Eu não teria netos. Ele não me sucederia nos negócios.

"Foi horrível quando o vi vestido de mulher. Tive vontade de arrancar aquelas roupas dele, de reencontrar meu filho debaixo daquelas roupas, daquelas unhas pintadas, mas não fiz nada. Absolutamente nada. Só evitei contato visual direto. Mantive minha cabeça baixa. Sentia amor e ódio ao mesmo tempo por aquela caricatura do meu filho.

"Dessa primeira vez, me contive. E continuei me contendo. Não poderia perdê-lo. Pedia a Deus para habituar-me àquela visão, que eu me acostumasse àquilo, que a visão do meu filho emasculado, vestido de mulher, se tornasse, para mim, uma coisa aceitável. Pensava naquele ditado: 'Quem ama o feio bonito lhe parece'.

"Sergio não queria ficar em São Paulo. Queria ir para um lugar onde não o conhecessem. Queria poder apresentar-se como Sandra para sempre.

"Eu entendo isso. Confesso que até gostei que ele fosse fazer o tratamento fora do Brasil. A gente tem evidência nos negócios. A situação podia ser explorada pela imprensa, ficar pública. Não seria bom para ele. Não seria bom para ninguém. Em Nova York, ele teria anonimato para se cuidar tranquilamente. Longe da curiosidade das pessoas.

"Compramos aquele apartamento no West Village para ele. Eu lhe mandava uma mesada, e ele tinha os cartões de crédito para pagar o tratamento. A mãe o visitava sempre. Levava uma vida equilibrada. Ele foi estagiário do melhor restaurante de Nova York. Quando ele se formou, dei o dinheiro para que ele abrisse o próprio negócio.

"O restaurante teria sido um sucesso. Ele era muito bom chef. Ele tinha o mesmo raciocínio que o bisavô dele, que foi quem abriu a primeira Loja Laila. Nada me tira da cabeça que ele seria um sucesso total. Já tinha até uma repórter do *New York Times* interessada em fazer uma matéria sobre o restaurante. Pena que nada disso pôde acontecer.

"Sergio só queria ser feliz. Foi isso o que o meu filho foi fazer em Nova York. Foi procurar uma maneira de ser feliz. Foi fazer uma limonada com o grande limão que Deus colocou na vida dele. E conseguiu. O senhor me perguntou se ele era feliz. Sim, depois que se transformou em Sandra, Sergio foi feliz. Era alegre, tinha amigos. Como mulher, encontrou felicidade.

"Meu filho conseguiu virar o jogo e morreu aos vinte e três anos de idade, assassinado por uma desequilibrada, que não tinha nada a ver com ele. Uma maluca, uma bala perdida em forma de gente. É essa a ironia disso tudo: morrer de bobeira quando se tem uma vida feliz.

"Mas a vida não é justa para ninguém, e eu não tenho o monopólio da dor. Tem gente que sofreu muito mais do que eu. E ainda assim vive, trabalha, produz. É nisso que eu tento pensar. A morte do Sergio foi uma grande — a maior — perda que eu tive na vida, mas eu tenho de continuar vivendo. Ele foi feliz, e isso me tranquiliza, me dá paz."

Um cogumelo a mais

Tentei fazer a tradução mais fiel possível do que me disse Laurie Clay quando a visitei na prisão. Não sei, no entanto, se isso será suficiente. Primeiro, estávamos separados por um vidro grosso, e a gravação que eu fiz de nossa conversa não ficou clara. Segundo, ela não fala português. Não poderia simplesmente transcrevê-la, como fiz com Salomão. Relatarei o que ela me disse, como ela me contou e eu a interpretei, ainda que isso seja óbvio.

Laurie Clay ficará presa durante vinte e dois anos. Foi condenada por homicídio em segundo grau. No dia de nosso encontro, usava um uniforme laranja. Vi que tinha um trevo de quatro folhas tatuado na parte interna do pulso direito e usava o cabelo loiro preso num rabo de cavalo curto.

Para receber autorização para falar com ela, tive de fazer uma solicitação por escrito à administração da prisão, com a qual ela também teve de concordar.

Quase dois anos antes, Laurie havia sido aceita para a faculdade de moda da New School, em Nova York, e encontrou

Sandra no dia em que visitava o apartamento que ganhara dos pais. Estava com a decoradora que ajudaria a montá-lo. Ficou intrigada por aquela garota alta, de cabelo negro, com uma bolsa vermelha, que saía de casa justamente quando elas chegavam.

Voltaram a se encontrar no café da esquina da Grove Street com a Bleecker, que, curiosamente, me dou conta, chamava-se Angélique. Tomaram chá juntas e voltaram caminhando para casa. Logo ficaram amigas.

Laurie, que, como Sandra, era filha única, havia sido uma adolescente excêntrica para os padrões de Louisville, Kentucky, onde sua família morava. Passara por várias fases, às quais se entregou fervorosamente. Teve uma fase vegetariana, na qual parou de consumir alimentos de origem animal e de vestir couro. Teve uma fase gótica, em que só usava maquiagem e roupas negras, e teve também uma fase mística, durante a qual frequentou inúmeras igrejas e seitas.

Acho que Laurie, na verdade, gostava de performance. Pelo que me contou, cada uma de suas novas fases incluía um novo guarda-roupa e um novo estilo de vida. Como as fases eram relativamente curtas, reinventava-se repetidamente, como se quisesse compor um elenco de vários personagens, criar um álbum com as imagens de todos os papéis que poderia desempenhar. Nunca pensara que, nesse álbum, teria de incluir também as fotos de sua fase presidiária.

Em Nova York, vivia sua fase onipotente. Era jovem, ambiciosa, obstinada e rica. Para ela, estudar moda significava, sobretudo, ampliar o seu acervo de impressões estéticas. Saía todas as noites. A experiência que queria era a que ainda não tinha tido.

"Para quem tinha chegado do Kentucky como eu, a Sandra era a coisa mais nova-iorquina que podia haver. Tinha quase 1,90 metro de altura. Era superelegante nos modos e na maneira de se vestir. Nunca usava estampas. Tinha muito estilo, muito carisma, muito bom gosto. Era uma coisa andrógina. Eu nunca tinha conhecido uma brasileira. Me parecia exótica. Achava Sandra muito chique. De alguma maneira, era quem eu queria ser. No dia em que ela morreu, comemorávamos a confirmação de que o *New York Times* faria uma matéria sobre seu restaurante. Eu tinha orgulho de ser amiga dela, de ser vista com ela. Achava ter uma amiga transexual uma coisa 'super-cool'.

"Jamais tinha pensado em matá-la. Nunca havia pensado em matar ninguém. Eu interrompi a vida dela e a minha por uma loucura. Por uma inconsequência, transformei nossos destinos.

"Naquela época, todos os meus colegas da faculdade andavam experimentando uns 'cogumelos mágicos'. Um amigo, que cultivava os cogumelos em casa, me deu um saquinho de papel com doze pequenos cogumelos vermelhos com pintas brancas. Pareciam quase uns moranguinhos. 'O princípio ativo é a psilocibina', me disse.

"Fiquei curiosa. No dia em que ganhei os cogumelos, fazia frio. A caminho de casa, comi os dois menorzinhos do pacote. Na entrada da *townhouse*, encontrei Sandra, que chegava na mesma hora. Subimos juntas. Ela estava radiante. Me chamou para tomar uma taça de champanhe para brindar a confirmação da história do *New York Times*. Eu não ia beber champanhe. Nem gostava muito de champanhe. Mas, como os cogumelos não haviam produzido nenhum efeito, achei que talvez não houvesse problema se eu tomasse só um golinho, para brindar com minha amiga.

"Estávamos frente a frente. Ela se sentara em uma cadeira de espaldar alto. Lembro o perfil dela contra a escuridão do lado de fora da janela. Não lhe ofereci os cogumelos porque sabia que a única droga de que ela gostava era maconha, que usava, às vezes, para relaxar em casa.

"Sandra falava empolgada sobre o artigo de jornal. Mexia as mãos. Eu, sentada em frente, a ouvia falar. Acho que essa é a última recordação sóbria que eu tenho do episódio.

"Depois disso, o que ficou foi a memória de minha alucinação. Comecei a ouvir vozes dentro de minha cabeça. Estava segura de que ouvia a voz de Deus. A ordem que ele me dava era que empurrasse Sandra com toda a força contra a janela.

"A voz ficava mais alta. O pedido se repetia. Subitamente, Sandra soava agressiva, ameaçadora. Era um ser do mal. Convenci-me de que Deus me confiara a missão de livrar o mundo daquele fruto podre, e eu estava disposta a receber essa glória.

"Tive vontade de empurrá-la. Era simplesmente ter vontade de fazer algo e satisfazer essa vontade. Como querer comprar um par de sapatos ou uma pulseira e não ver nada que impeça.

"Empurrei Sandra e sua cadeira para trás com toda a minha força. Lembro-me dela se desequilibrando, caindo com os braços abertos, rodopiando para trás. Se eu fechar os olhos agora, ainda consigo ouvir o barulho do pano da cortina esgarçando. Ainda ouço o baque seco, abafado, do corpo se chocando contra o pátio.

"Na manhã seguinte, acordei sozinha no meu apartamento. O barulho da sirene e dos policiais que haviam encontrado o corpo de Sandra me despertara. Naquela manhã, a polícia não me procurou. Viajei para Louisville no voo das duas da tarde.

"Em casa, contei aos meus pais o que havia acontecido. Eles quase enlouqueceram. Falamos com advogados, mas não havia muito que fazer. Entreguei-me à polícia na segunda-feira seguinte.

"Terei de passar um tempo aqui. A minha vida, agora, acontece nesta prisão. Continuo vivendo. A vida não parou porque eu estou presa. Mas ficou muito mais limitada.

"Estou aproveitando para ler, estou aprendendo a meditar.

Faço ginástica, escrevo. Tenho todo o apoio dos meus pais, mas acho que nunca terei filhos meus, biológicos. A prisão não mata, mas rouba coisas importantes.

"Eu matei uma pessoa.

"Esse é um poder que eu não gosto de saber que tenho. Ter conhecimento dele me faz sentir mais responsabilidade sobre as coisas. Dói saber que eu matei estupidamente uma pessoa feliz, que faria coisas boas pelo mundo. Eu roubei alegria. Subtraí felicidade do planeta. Terei de compensar esse roubo.

"Meu pai não gostava que eu fosse amiga da Sandra porque ela era transexual. Quando me visitava, tinha até dificuldade de cumprimentá-la. Dizia que transexualidade era 'um artifício do demônio'.

"Isso deve ter ficado no meu inconsciente. A gente não entende bem como a cabeça da gente funciona. O senhor, que é psiquiatra, acha que foi meu pai quem me deu os argumentos para que eu assassinasse minha amiga Sandra? Eu não sei. Mas isso não faz diferença agora. Agora, eu estou aqui."

Recado disfarçado de convite

"Dr. Armando?

"O Salomão me disse que o senhor queria saber se o Sergio era feliz. Aprecio o seu interesse. De verdade.

"Relutei muito até aceitar que a minha vida vai ter de continuar sem o meu filho. Mas é isso o que vai acontecer. O Roberto, meu outro filho que morreu, já me havia dado esse ensinamento. Acho que tinha esquecido. Agora me relembrei.

"Já estou pronta para falar. O senhor gostaria de uma conversa? Posso convidá-lo para um chá?"

Se eu a tivesse visto, teria sentido orgulho

Encontramo-nos no salão de chá da Fundação Maria Luisa e Oscar Americano. Estacionei o carro longe de propósito e fui caminhando pelos jardins. Eram quatro horas da tarde, e o dia era de sol.

Quando cheguei, Tereza já me esperava. Cumprimentamo-nos com um beijo no rosto. Arrisco-me a afirmar que, ali, desde o início, entre nós, havia um sentimento mútuo de alívio por estarmos finalmente nos encontrando para conversar. Tereza pediu chá preto, e eu a acompanhei.

Naquela mesa, naquela tarde, as únicas testemunhas do que Tereza falou seriam dois bules, duas xícaras, duas colheres, duas fatias de limão e eu.

"Uma primeira coisa que eu preciso lhe dizer é que eu só estou aqui hoje porque o Sergio era feliz. Se não fosse por isso, acho que não teria resistido. Saber que ele era feliz na época em que morreu me consolou demais. Nem sei o que teria feito se não fosse assim.

"Eu sei que o senhor, como médico, já viu muitos casos

complicados, mas meus filhos, convenhamos, tiveram vidas especialmente difíceis. Em momentos de desespero, cheguei até a desejar que eles morressem, não importava de que maneira.

"Um filho sem a tampa do crânio e o outro com o sexo invertido. Foi isso o que eu produzi. Foi essa a minha contribuição para o mundo. Uma pessoa superficial talvez não entenda, mas aprendi a ter orgulho dos meus filhos. Geraria os mesmos fetos novamente.

"Roberto foi um anjo. Esteve no mundo por oito dias e não deixou nada, absolutamente nada, de negativo. Uma alma pura, sem uma mácula sequer. Eu quis estar com ele desde o primeiro momento. Sabia que ele morreria 'em dias'. Foi o que me disse o médico.

"É difícil não amar um filho loucamente quando se sabe que ele vai morrer 'em dias'. Minha atenção era para o meu filho doente. Mas esses meus dias de agonia acabaram logo. Roberto foi embora sem olhar para trás. Deixou mais sensações que lembranças. Fiz o melhor que pude. Recebi um anencéfalo, mas devolvi um anjo.

"A morte de Sergio foi pior porque foi inesperada. Demorei para concebê-la. Não aceitava que, depois de tanta dificuldade para ser feliz, ele, na hora em que sua vida estava deslanchando, morresse de uma maneira tão estúpida, tão sem sentido.

"Depois que ele morreu, deixei de chamá-lo de Sandra. Salomão fez a mesma coisa. Para a gente, Sandra era Sergio. O nome de quem eu pari era Sergio. Enquanto ele estava vivo, porém, nos referíamos a ele como Sandra, porque ele nos pediu e a dra. Coutts recomendou.

"Quando soube de sua transexualidade, meu primeiro pensamento foi de fracasso. Eu gerava coisas imperfeitas, incompletas. Meu ventre não era profícuo. Era mal-acabado, sub-humano, pensei.

"Queria não ter problemas. Queria estar sonhando. Mas a gente não faz só o que quer, correto? O que eu poderia fazer? Tem muita coisa que a gente faz por amor. Eu carreguei o Sergio — ou a Sandra, sei lá — dentro do meu corpo. Não desisti do meu filho porque não conseguia parar de amá-lo.

"Valeu a pena. Depois que foi morar em Nova York, tudo mudou para melhor. Havia a dificuldade da mudança de sexo, mas a pessoa que Sandra se tornou era admirável. Eu sei que era meu filho, e eu sou suspeita para dizer isso. Mas o que ela conseguiu ser como pessoa e estava conseguindo profissionalmente era muito especial. Acho que, de alguma maneira, era o resultado do amor do pai e meu por ele.

"Eu não me esqueço de um dia de primavera em que cruzamos o Central Park para chegar ao West Side. Caminhávamos as duas, respirando o ar diferente da nova estação. Isso foi um pouco depois de sua operação. Do nada, ela me disse: 'Mamãe, eu nunca achei que chegaria a ser tão feliz quanto agora'.

"Dr. Armando, ajuda muito pensar que fizemos um bom trabalho com o Sergio. Não soframos por ele. Ele não gostaria disso. Ele conseguiu ser Sandra. Era o que ele queria. Era feliz. Conseguiu não ter problemas de consciência. Era ótimo vê-lo tão empolgado com o restaurante, vê-la tão bonita. Parecia uma modelo. Tinha valido a pena.

"Algumas vidas são curtas. Outras começam mal e melhoram. A vida de Sergio foi a combinação desses dois tipos. Nós apoiávamos o Sergio no que podíamos. Não havia limites. Havia distância física. Mas isso era bom para o tratamento, dizia a dra. Coutts.

"O senhor não chegou a vê-lo, mas, acredite em mim, se a visse, sentiria orgulho."

Um cão falou em meu ouvido

Escrevo com a memória. Escrevo como me lembro. O que conto é apenas a minha interpretação das coisas. Deixo isso claro porque nem tudo na minha análise é racional. A esta altura da vida, estou aprendendo que, muitas vezes, é melhor sentir as respostas do que ouvi-las.

Uma semana depois de minha conversa com Tereza, sonhei duas noites seguidas com três filhotes de golden retriever. O sonho era o seguinte: eu, andando pela rua, com os cachorros cruzando entre as minhas pernas, tendo cuidado para não tropeçar; eu, sentado no chão da casa de praia, com os cães brincando à minha volta.

Usavam coleiras vermelhas com chapinhas metálicas de identificação em forma de osso, com o nome de cada cachorro gravado. O primeiro chamava-se Sergio. O segundo, Sandra; e o terceiro, Armando.

O sonho era insólito. Parecia inofensivo, mas ficou na minha cabeça. Até falei sobre ele ontem, com Mariana, antes de ela me contar que está grávida. Combinamos que irei a Chicago em abril. Até lá, já saberão se é menino ou menina.

Hoje mais cedo aconteceu uma coisa curiosa. Alguém esqueceu a porta aberta no andar do meu consultório. Acho que fiz barulho quando saí do elevador, e, da porta que ficara aberta, saiu um cachorro.

Um golden retriever velhinho, com a cara embranquecida, veio dócil, lento, abanando o rabo, em minha direção. Não era filhote, mas sua coleira era vermelha. No mesmo instante, pensei no sonho da semana anterior.

Deixei que me cheirasse. Acariciei-lhe o pescoço de leve. Ele se sentou ao meu lado, e eu não consegui evitar pensamentos supersticiosos. Veio-me à cabeça que aquele cachorro, que surgia do nada, era o mesmo do meu sonho e me traria um sinal. Parecia patético acreditar nisso, mas sou honesto sobre o que senti.

Da porta por onde saíra o cachorro, saiu também sua dona, uma mulher de uns quarenta anos, que eu nunca havia visto por lá. Caminhou em minha direção, rapidamente, balançando a cabeça de leve e estalando a língua, com ar de reprovação. "Mil desculpas. Ela escapou", disse, aproximando-se para tomar o cachorro pela coleira vermelha.

Cheguei a sentir o seu perfume, e, por um átimo, a imagem de Cecilia Coutts sem sutiã me veio à mente.

"Não se preocupe", falei.

Enquanto ela segurava a coleira com a mão, criei coragem e comentei: "Sei que isso pode parecer ridículo, mas eu sonhei com um cachorro igualzinho a este na semana passada. Você podia me falar alguma coisa sobre ele?".

Ela levantou os olhos um pouco surpresa, mas abriu um sorriso entre irônico e benevolente.

"É ela. É fêmea. Tem nove anos. É uma excelente companheira. Uma amigona. O melhor cachorro que eu já tive. Todo mundo deveria ter uma como ela em casa", disse.

Aparentemente, ela interrompera algo que fazia no apartamento para recuperar a cachorra no corredor. Sua linguagem corporal era a de quem estava com pressa e queria encerrar a conversa logo para retornar à tarefa que deixara. Com medo de parecer inconveniente, fiz a última pergunta que ainda cabia: "Qual é o nome dela?"

"O nome dela era Fedra, mas acabou virando Fé. É mais fácil. E quem mora em São Paulo tem mesmo de ter fé, concorda?"

"É. São Paulo sem fé não dá", respondi, tentando ser simpático.

Fiz um último carinho na Fé e nos despedimos.

Já dentro do meu consultório, com o perfume de minha vizinha e os três filhotes na cabeça, pensei no que tinha acontecido. Não sou religioso ou místico, mas me dou conta de que, no meu cotidiano, também existe fé. Aqui, enquanto escrevo, confio sem pensar que acordarei amanhã de manhã e que haverá um dia completo para ser vivido. Em abril, visitarei a minha filha grávida. Em setembro me tornarei avô. A vida continua. Acredito piamente nisso.

1ª EDIÇÃO [2014] 2 reimpressões

ESTA OBRA FOI COMPOSTA PELO GRUPO DE CRIAÇÃO EM ELECTRA E
IMPRESSA PELA GRÁFICA PAYM EM OFSETE SOBRE PAPEL PÓLEN BOLD
DA SUZANO S.A. PARA A EDITORA SCHWARCZ EM FEVEREIRO DE 2022

A marca FSC® é a garantia de que a madeira utilizada na fabricação do papel deste livro provém de florestas que foram gerenciadas de maneira ambientalmente correta, socialmente justa e economicamente viável, além de outras fontes de origem controlada.